이 지랄맞음이 쌓여   축제가 되겠지

이 지랄맞음이 쌓여　축제가 되겠지

조승리
에세이

이병률(시인·여행작가) ● 그녀의 글의 권위는 정확한 삶의 태도에 의해 가능하다. 세상을 맘껏 활보하지 못하는 입장인데도 어떻게 이렇게 절도 있게 세상을 읽고, 삶을 철학할 수 있단 말인가. 내가 예측하는 바로는 이미 그녀가 심연에 도착한 것은 아닌가 싶은 것이다. 모든 예술가들이 그토록 가서 살고 싶어하는, 어떤 경지로의 찬란한 도착……. 이 책을 읽고 슬펐고 뜨거웠으며, 아리고 기운이 났다는 사실을 그녀에게 전한다. 그리고 그녀의 훤칠한 글 앞에서 내가 바짝 쫄았다는 사실까지도.

박현경(동화작가) ● 읽는 도중 목이 메었다. 열다섯 한창 꽃피울 시기에 청천벽력을 떠안았는데 그걸 이토록 담담하게 적을 수 있다니, 평범치 않은 정신력과 필력이었다. 점자판과 노트북과 TTS를 숱하게 오가며 적었을 그의 글에서 나는 때론 장난꾸러기 같고, 때론 MZ세대 그 자체이며, 때론 전쟁을 겪은 듯한 노인을 만났다. 고독하지만 담대하고, 고집스럽지만 섬세한 그의 세상은 아름다운 정신 '승리'다.

본문 가운데 일부는 말맛을 살리기 위해 맞춤법을 따르지 않았습니다.

차례

1부

2부

3부

1부

불꽃축제가 있던 날
택시 안에서

　김 선배의 전화는 샤워 후 수건으로 젖은 머리를 털고 있을 때 걸려왔다. 나는 수신자의 이름을 확인하고 전화를 받을지 말지를 고민했다. 퇴근 후 걸려오는 전화는 대다수가 유쾌하지 못하기 때문이다. 그사이 전화가 끊어졌다. 냉장고에서 캔맥주를 꺼냈다. 그때 다시 전화가 울려댔다. 식탁에 캔맥주를 내려두고 전화를 받으니 아니나 다를까, 김 선배가 내게 간곡히 부탁을 해왔다. 선배가 마사지사로 근무하고 있는 카지노 호텔에 대신 출근해달라는 것이었다. 내키지 않았다. 선배는 다급히 말을 덧붙였다. 요양원에 모신 어머니가 위독하단다. 최근에 이런 일이 몇 번 있었고 그때마다 결근을 했는데 한번만 더

결근하면 해고하겠다는 통보를 받았다는 것이다. 더욱이 오늘은 일본에서 대규모 관광객이 입국해 고양이 손이라도 빌려야 할 정도로 바쁠 테니 꼭 좀 도와달라며 통사정을 했다. 달리 할 말이 없었다. 알았으니 어머니 곁을 잘 지켜드리라고 위로하고 급히 출근 준비를 시작했다.

우선 장애인 콜택시에 전화를 걸었다. 상담원은 오늘 한강에서 불꽃놀이가 예정돼 있어 차량 연결이 어려울 수 있으니 다른 교통수단을 알아보라고 했다. 그러고 보니 김 선배가 일하는 카지노 호텔에 가려면 한강을 건너야만 했다. 일반 택시를 호출했지만 모두 연결되지 않았다. 발을 동동 구르다 가방을 들고 무작정 집을 나섰다. 다행히 여섯 번의 호출 끝에 일반 택시가 연결되었다.

흰 지팡이를 펴고 택시를 기다렸다. 일반 택시는 장애인 콜택시와 다르게 내가 지정하는 장소가 아닌 근처 아무 곳에서나 승차를 해서 흰 지팡이가 필요했다.

택시 기사는 상냥한 성격이었다. 내 바로 앞에 정차하고 클랙슨을 울려주었다. 시간을 살펴보니 좀 밀린다 해도 아슬아슬하게 지각은 면할 것 같았다.

한강에 가까워지니 일찌감치 교통을 통제하고 있었다. 택시 기사는 나와 비슷한 부류인지 세상에 무관심했다. 왜 통제하는지, 어째서 인파가 몰리는지 모르는 것 같았다. 그가 라디오 채널을 교통 방송에 맞췄다. 리포터는 여의도 상황을 설명했다. 그제야 기사는 오늘의 이벤트를 알아차린 듯했다. 나 역시 김 선배의 부탁이 아니었다면 오늘 불꽃축제를 하는지 모르고 지나갔을 것이었다. 기사는 내가 못 보는 사람인 걸 그새 잊어버리고 창문을 열어주었다. 창밖에서 군중의 환호와 불꽃이 수도 없이 터졌다. 기사도 밖을 보는지 탄성을 터뜨렸다.

나는 어둠을 훑어보았다. 내 눈에 보이는 것은 온통 어둠뿐이었다. 하늘을 수놓는 수백 송이의 불꽃이 궁금했다. 그러나 지금 저 불꽃을 볼 수 없다 해서 아쉽지는 않았다. 왜냐하면 나의 불꽃은 더 찬란하고 빛나기 때문이었다.

창을 닫고 반듯이 앉아 눈을 감았다. 그리고 나는 나의 불꽃을 보았다. 땅에서 시작된 빛무리가 하늘에 올라 산산이 흩어지며 하얗고 노란 빛이 되어 쏟아졌다. 빛은 금방 사그라졌지만 내 가슴에 반짝이는 수를 놓았다.

나는 오랜만에 너를 생각했다.

너와 나는 궤도에서 벗어난 이탈자였다. 열여섯 너에게서는 고된 하루의 냄새가 났다. 너는 일찍이 아버지의 역할을 떠맡아야 했다. 하루종일 양파를 까고, 오토바이를 타고 배달을 다녀야 했다. 당연히 학교에 다닐 시간이 없었다. 너는 평범에서 벗어난 이탈자였다. 나도 그랬다.

내가 학교에 가지 않는 이유는 생계 때문이 아니었다. 교복을 입고 등굣길에 오르지만 내 목적지는 학교가 아니었다. 네가 춘장을 볶고 만두를 튀기는 동안 나는 도서관에 파묻혔다. 카프카를 읽고, 하루키와 윤대녕과 빌 브라이슨과 레이먼드 챈들러를 만났다. 내게는 시간이 없었다. 병원에서는 10여 년 정도 시력이 남아 있을 거라고 진단했다. 나는 마음이 급해졌다. 손에 닿는 대로 책을 꺼내 활자를 눈에 담았다. 당시 나는 무지했다. 책은 눈으로만 읽는 것으로 생각했기 때문이다. 세계문학전집을 모두 읽고 싶었다. 기형도의 시집을, 『호밀밭의 파수꾼』을, 보들레르의 『악의 꽃』을 읽어야 했다. 그래야만 내 현실을 견딜 수가 있었다. 눈이 새빨갛게 충혈된 채로 집에 가면 엄마는 제발 책 좀 읽지 말라며 야단을 쳤다. 그러나 당시 내가 할 수 있는 것은 그뿐이었다.

너는 이따금 나를 만나러 도서관에 왔다. 우리는 초등학교 시절 이야기를 주로 나누었다. 너도 그리고 나도 가장 행복했던 시절이었다. 가을이 되고 해가 점차 짧아지자 밤눈이 어두웠던 나를 위해 너는 오토바이 뒷자리에 나를 태워 집에 데려다주곤 했다.

그날도 너는 나를 집 앞까지 태워다주고 오토바이에 걸터

앉아 담배를 물었다. 너는 무심코 하늘을 보며 별이 쏟아질 듯 많다고 말했다. 나도 너의 시선을 쫓았다. 그러나 내 시력으로는 반쪽 남은 달만 보였다. 그래서였을 것이다. 나는 별이 당최 생각나지 않는다며 네가 보는 별은 어떤 모양이냐고 물었다. 너는 한동안 대답하지 못했다. 꼭 대답을 들을 생각으로 물었던 건 아니어서 나는 잘 가라는 인사를 하고 돌아섰다. 그때 너는 대단한 것이라도 생각해낸 듯 말했다.

"파리가 노란 똥 싸놓은 것 같다"고.

나는 푸석돌 부서지는 소리를 내며 웃었다. 그러고는 이내 손을 흔들어주었다.

숨이 차갑다 느껴지던 가을밤이었다. 너는 집 앞으로 나를 불러냈다. 너는 주황빛 가로등 밑에 나를 세워두고 하늘을 보라고 말했다. 그날 그 밤하늘을 나는 또렷이 기억한다. 네가 선물한 반짝이는 별무리를. 찬란히 빛나다 사그라지는 빛의 입자를. 나는 오랫동안 하늘을 바라보았고, 너는 내 곁에 서서 내가 바라보는 하늘을 함께 바라봐주었다.

차는 가다 서기를 반복하다 어느 순간 멈춰 섰다. 차창 밖으로는 쓔우욱 쾅쾅쾅! 요란한 폭죽소리가 끝도 없이 울려퍼졌다. 나는 기억 속의 또다른 불꽃을 떠올리기 시작했다.

그 무렵의 나는 도시에서 직업학교를 다니며 마사지 일을 배우고 홀로서기를 시작했다. 일은 고되었고 일이 끝난 후의 시간은 외로웠다. 귀뚜라미가 가을을 불러들이기 시작한 9월의 어느 날, 나는 더이상 참지 못하고 무작정 고향집으로 향했다. 집에 도착하자마자 쓰러져 잤다. 엄마는 그러거나 말거나 내게 아무 말도 하지 않았다.

그렇게 낮 동안 실컷 자고서 남들 다 자는 시각에 깨어났다. 정신이 명료하기 이를 데 없었다. 아홉 가구밖에 되지 않는 촌부락의 이웃들은 이미 기절한 듯 잠들어 있었다. 깨어 있는 것이라고는 가로등뿐이었다. 동네 한 바퀴를 돌고 집으로 들어섰을 때 캠프에서 돌아온 남동생이 대청마루에 아무렇게나 던져놓은 가방에서 비죽 밀려나온 물건을 보았다. 나는 가늘고 긴 그것을 꺼내어 전등빛에 비춰보았다.

네 가닥의 불꽃이었다.

순간 개구진 충동이 밀려왔다. 뒷마당에서 흙이 담긴 빈 화분을 찾아냈다. 한 가닥의 심지에 불을 붙여 얼른 화분에 꽂았다. 순식간에 심지가 타들어가면서 휘파람소리가 하늘로 튀어올랐다. 삐이익 타타타타타탕! 요란한 소리와 함께 불꽃이 폭발했다. 우리 동네 윗동네 할 것 없이 개들이 미친 듯이 짖어댔다. 심장이 튕겨 나올 듯 춤을 추었다. 산과 들로 둘러싸인 고요한 동네라 굉음은 멀리까지 퍼져나갔다. 집집마다 전등이 켜지고 가구마다 밖에 매놓은 개들이 야단을 떨었다. 반대로 풀벌레들은 합창을 뚝 멈추고 더 깊은 곳으로 숨어들었다. 산발적으로 짖던 개들이 점차 잠잠해지자 다시금 마을에 적막과 고요가 찾아들었다. 그제야 나는 잔뜩 굳었던 몸을 조금씩 움직여보았다.

그때 드르륵, 안방 문이 열리더니 잠옷 차림의 엄마가 내게로 왔다. 엄마는 담배에 불을 붙여 물고 내 앞에 쪼그려앉더니 노련한 형사처럼 추궁하기 시작했다. 나는 남은 불꽃을 엄마 앞에 대령하면서 이렇게 요란한 소리를 낼 줄 몰랐다고, 납작 엎드렸다. 엄마는 건네받은 불꽃을 한참 동안 아무 말 없이 내려다보았다. 그러더니 불꽃으로 내 머리통을 한번 툭 친 후 불꽃 세 가닥을 한꺼번에 모아쥐고는 불을 붙였다. 그때 본 일렁이는 불빛 너머의 엄마 얼굴은 아마 방금 전 내 표정과 다르지 않았으리라 생각한다.

엄마와 나는 타오르는 불꽃을 같은 표정으로 바라보았다.

벼락이 하늘을 세 번 두들겼다. 또다시 개들이 일제히 짖어댔다. 세상 모든 개가 다 죽기 살기로 짖는 것 같았다. 차들의 비상경보가 앵앵 울어댔다. 마을 사람들이 러닝 차림으로 뛰쳐나왔다. 심장이 튀어나올 것처럼 펌프질했다. 엄마가 바람 빠지는 소리를 내며 웃어댔다. 나도 입을 틀어막고 낄낄거렸다. 엄마는 제 몫을 다하고 꺼진 심지들을 내게 건네면서 불량배처럼 말했다.

"진~짜! 재밌다. 불꽃 더 없냐?"

나는 참지 못하고 소리 내어 웃었다. 옆집 할머니가 담 너머로 우리 마당을 건너다보았다. 엄마는 태연히 할머니를 상대했다. 잠들면 업어 가도 모르는 남동생이 졸린 눈을 비비며 나왔다가 우리를 보고 못마땅하다는 듯 말했다.

"사고뭉치 모녀 때문에 남부끄러워 못 살겠어."

서행하던 택시가 조금씩 속도를 내기 시작했다. 통제구간을 빠져나온 것이다. 택시는 목적지를 향해 빠른 속도로 달리고 있었다. 나는 일이 끝난 뒤 김 선배에게 전화해야겠다고 생각했다. 덕분에 나만의 별과 불꽃을 꺼내볼 수 있었노라고. 내 안에 살아 있는 별과 불꽃들은 조금도 사그라들지 않고 여전히 아름답고 생생하게 잘 있더라고, 말해야겠다.

「자귀나무」를 듣던 밤

안과에서 정기 검진을 받고 돌아왔다. 그 안과는 내가 열다섯 살 때 지금의 병을 선고받은 병원이다. 20년이 넘는 시간이 흘렀다. 그러나 내 병은 여전히 불치병이다. 세상이 이토록 바뀌고 있음에도 말이다.

집에 돌아와 우두커니 앉아 복잡한 감정을 다스리고 있었다. 그때 은사님께 카톡이 왔다. 선생님은 얼마 전에 중국 작가 사철생(史铁生)의 산문집을 추천했는데 이참에 작가의 산문 「자귀나무」를 낭독해 보냈으니 들어보라고 했다. 스마트폰을 조작해 선생님이 보낸 녹음 파일을 재생했다.

사철생은 스무 살에 두 다리를 잃고 평생 휠체어를 탈 수밖에 없는 처지가 된다. 생때같은 아들이 그리되자 그의 어머니는 아들을 위해 많은 것을 시도해본다. 그때마다 아들은 화를 내거나 침묵으로 울분을 대변하기도 하고, 때론 모르는 척 어머니 뜻을 따르기도 한다. 그렇게 어머니가 하자는 대로 다리에 뜸을 뜨다가 화상을 입어 죽을 뻔한 위기를 겪기도 한다.

나는 녹음 파일을 반복해 들었다. 귀로는 선생님의 낭독을 들었고 머릿속으로는 내 어머니를 떠올렸다.

열다섯 살의 내가 가장 두려웠던 사실은 앞으로 세상을 못 볼 거라는 선고보다 당장 이 사실을 어떻게 엄마에게 말해야 할지였다. 며칠을 끙끙 앓다가 엄마에게 몽땅 털어놓았을 때 엄마는 질 나쁜 농담을 들은 것처럼 믿지 않으려 했다. 엄마를 대동해 다른 병원에 가서 처음부터 검사를 다시 했다. 결과는 같았다. 엄마는 나보다 더 절망에 빠졌다. 내 담담한 태도가 마음에 들지 않았는지 내게 버럭 소리를 질렀다.

"너는 뭐가 이렇게 아무렇지 않아! 이 철딱서니야! 너 이제 장님 된다잖아!"

엄마가 굳이 확인해주지 않아도 내가 더 잘 알고 있는 미래였다. 나는 애써 담담한 척 연기를 했을 뿐이었다.

'내가 괴로워하면 엄마가 더 슬퍼할까봐 그랬는데…….'

가출을 했다. 일주일 정도 친구 집을 전전하다 집에 들어갔다. 마침 엄마는 전원을 꺼놓은 내 휴대폰에 음성메시지를 녹음하고 있었다.

"엄마가 다 잘못했어! 이 메시지 들으면 당장 엄마한테 전화해! 엄마가 잘할게. 미안해, 내 새끼!"

엄마가 엉엉 아이처럼 울었다. 나는 눈물을 꾹 참고 인기척을 냈다. 그리고 엄마에게 장난스럽게 말했다.

"정말이지? 앞으로 나한테 잘해!"

눈물로 젖은 엄마의 얼굴이 나를 바라봤다. 전화기를 내려놓더니 벌떡 일어나 손등으로 눈물을 닦았다. 그러고는 악귀처럼 달려들어 주먹으로 내 머리통을 마구 후려갈겼다.

"뒈지지 뭣 하러 기어들어왔어! 이 나쁜 년, 때려죽일 년!"

엄마는 나를 와락 껴안고 한참을 울어댔다. 그러다가 다시 분한지 내 머리통을 주먹으로 후려갈겼고 또다시 끌어안기를 반복했다. 나는 그 꼴이 우스워 울다 웃어버렸다.

엄마는 눈에 좋다는 것은 몽땅 구해 먹이려 했다. 당근과 근대 줄기가 하루가 멀다 하고 밥상 위에 반찬으로 올라왔다. 또 새벽 도축장에 줄을 서 생간을 구해왔다. 엄마의 정성 때문에 나는 억지로 그것들을 삼켰다. 그러나 내 위장은 의지와 상관없이 음식물을 거부했다. 억지로 입을 틀어막아봤지만 결국 몽땅 게워냈다.

엄마는 또 어떤 정보를 들었는지 미국에 가는 사람을 수소 문해 비타민 A를 구해달라고 부탁했다. 나와 같은 병을 가진 어떤 사람이 그 약을 먹고 병의 진행 속도를 늦췄다는 것이었다. 눈만 뜨면 엄마는 약 먹었냐는 소리를 달고 살았다. 약을 먹고 얼마 되지 않아 피부색이 검게 변했다. 어지럽고 눈에 황달기가 보였다. 간 수치를 재니 위험한 상태였다. 의사는 처방받지 않은 약을 마음대로 먹어서는 안 된다고 나무랐다. 미국에서 사온 약은 집안에서 사라져버렸다. 그 이후 엄마는 내 병을 받아들이기라도 한 듯 잠잠했다.

나는 도시에 있는 시각장애인 고등학교에 진학했다. 집과는 거리가 멀어 기숙사 생활을 해야 했다. 추석 명절을 앞두고 집에 내려왔다. 엄마는 어딘가 들떠 있었다. 왜냐고 묻자 차례를 지내고 엄마와 갈 데가 있다며 말을 아꼈다. 나는 오랜만에 시골 친구들을 만날 계획이라서 싫다고 말했다. 엄마가 나를 쏘아봤다. 엄마는 나이가 들수록 인상이 매서워졌다. 나는 꼬리를 슬쩍 내렸다.

다음날 엄마는 차례를 지내는 둥 마는 둥 하고, 차에 나를 태워 어디론가 향했다. 목적지를 묻자 엄마가 말했다.

"엄마 어려서 들은 얘긴데, 저 산 너머 어떤 동네에 시집가기 전 처녀가 갑자기 앞을 못 보기 시작했대. 그런데 지나가던 스님이 그 집에 들어와 쌀 한 사발을 시주받고 말하기를, '저 산 너머 약수에 눈을 닦으면 다시 눈을 뜰 것'이라고 했다는 거야! 그런데 조건이 하나 있는데 그 약수는 추석 당일에만 효험이 있으니 꼭 당일에 약수를 받아 눈을 씻으라고 당부했대. 그리고 그 아가씨가 스님 말대로 해서 눈을 뜨고 건넛마을로 시집을 갔대. 내가 어렸을 때 큰집 고모들이 했던 이야긴데 얼마 전에 생각난 거 있지. 그래서 그 동네 경로당에 다니면서 수소문을 해봤더니 노인네들이 그 이야기를 꽤 많이 기억하고 있더라고. 그래서 내가 위치까지 알아봤지!"

엄마는 의기양양하게 말했다. 나는 오래되어 썩은 듯한 그 이야기를 믿지 않았다. 그러나 기대에 찬 엄마를 바라보며 산통 깨는 말을 내뱉지도 않았다.

약수가 있다고 추정되는 장소는 생각보다 찾기 힘들었다. 겨우 지나가는 어떤 노인에게 약수터의 위치를 묻자, 노인은 "약수?" 하고 한참을 생각하다가 "그게 약수였나?" 하는 뜨뜻미지근한 반응을 보이며 위치를 일러주었다.

노인에게 들은 대로 산 아래 차를 세우고 비포장 산길을 걸어올라갔다. 그리고 목적지에 도착했다. 흙길은 질퍽였다. 내 어깨쯤 오는 바위 중간에 플라스틱 관이 박혀 있고 약수로 추정되는 물이 오줌줄기처럼 쫄쫄 흘러나왔다. 그 아래 낡디낡아 툭 치면 부서질 것 같은 고무대야가 물줄기를 내려받고 있었다. 그곳에서 넘친 물은 주변을 진흙탕으로 만들었다.

엄마는 준비해온 막걸리를 여기저기다 부었다. 그리고 두 손을 빌며 무어라 기도했다. 나는 고무대야에 가득찬 물을 쏟아 버린 뒤 새로 받았다. 물은 깨끗하지 않았다. 두 손을 모아 물을 받아 눈에 뿌렸다. 그러고는 수도 없이 눈 닦아내기를 반복했다. 그다음 가져간 종이컵에 물을 받아 엄마부터 한잔 주고, 나도 한잔 가득 받아 마셨다. 물에서는 흙냄새가 강하게 났다. 서늘한 산바람이 몸으로 스며들었다. 나는 마지막으로 다시 물을 받아 눈을 닦고, 더이상 마실 수 없을 때까지 약수를 들이켰다. 신발은 진흙으로 엉망이었다.

돌아오는 길, 나는 엄마에게 물었다.

"기적이 있을까?"

엄마는 "그럼, 우리한테 반드시 있을 거야!" 하고 대답했다.

"그런데 엄마! 나 배 아파!"

아까부터 위가 쿡쿡 쑤셔왔다.

"어쩐지 물이 뿌연 게 영 상태가 안 좋더니!"

엄마가 말했다.

"엄마는 괜찮아?"

내가 묻자 잠시 아무 말도 안 하던 엄마가 눈치를 살피듯 조용히 말했다.

"나는 안 마셨지!"

"그런 게 어딨어? 나 보고 믿으라며? 약수라며?"

내가 버럭버럭 소리를 질렀다.

"내가 눈 뜨러 갔냐? 네가 눈 뜨러 갔지!"

우리는 한동안 투덕거렸다. 그리고 다음날, 기적은 역시 없었다. 남은 것은 배탈로 인한 탈수 증세였다. 나는 연신 화장실을 드나들며 엄마한테 눈을 흘겼다. 그러거나 말거나 엄마는 내 정성이 부족한 탓이라며 내년에 다시 시도해보자고 복장 뒤집는 소리를 해댔다.

또, 어느 날 주말에 반드시 집에 내려오라는 엄마의 전화를 받았다. 나는 영문도 모르고 엄마 차에 실려 산속 절로 끌려갔다. 사찰 주차장에는 비싼 외제차들이 서울이며 부산 번호판을 달고 줄지어 서 있었다. 때문에 엄마의 빨간 경차가 유난히 궁색해 보였다.

사찰은 절 이름을 달고 있지만 부처님을 모신 본당조차 없었다. 기와지붕 밑에 방들이 줄지어 있었다. 신자들이 코빼기도 보이지 않았지만, 대청 밑에 구두들이 놓인 것으로 보아 방마다 사람이 들어 있음을 짐작할 수 있었다.

엄마 또래의 여자 스님이 예약 여부를 물으며 다가왔다. 엄마는 내 이름을 댔다. 스님은 빈방을 가리키며 들어가 있으라 했다. 뜨락에 신발을 벗고 대청을 올라 옛 창호 문을 당겨 열었다. 방안은 두어 명 누우면 꽉 찰 정도로 작았다. 있는 것이라고는 벽에 걸린 석가모니 탱화 한 점과 그 아래에 작은 탁자, 그 위에 '불전함'이라 적힌 바구니 하나, 방석 네 개가 전부였다. 엄마가 방바닥에 방석을 깔기에 냉큼 앉았다. 엄마가 말했다.

"용해서 전국에서 치료받으러 온다더니, 봤지? 밖에 외제차들. 여기 스님이 못 고치는 병이 없대! 치료받으려면 기본 1년씩 기다린다는데 엄마 친구 명금이 아줌마 있지? 그 아줌마가 여기 스님이랑 먼 친척이라서 새치기해 들어온 거야!"

엄마의 말이 끝나기도 전에 백발의 할머니가 방으로 들어왔다. 입고 있는 승복은 언제 갈아입었는지 지저분하기 이를 데 없었다. 찌든 담배 냄새도 났다.

"어디가 아파서 오셨소?"

엄마는 얼른 일어나 상황을 설명했다.

"애가 눈이 자꾸 나빠져서, 여기 가면 고칠 수 있다 해서 왔어요. 명금이 소개받고 왔으니 잘 좀 부탁드려요."

엄마가 고개를 조아렸다. 할머니는 고개만 작게 끄덕이고 내 뒤에 앉았다. 그리고 갖고 들어왔던 천을 풀어놓았다. 내가 뒤를 돌아보려 하자 엄마는 얼른 내 얼굴을 붙잡고 자신을 보게 했다.

"돌아보지 말고 엄마 보고 있어."

이때껏 그토록 흔들리는 엄마의 눈을 본 적이 없었다. 나는 등뒤 호기심을 붙잡았다. 차가운 알코올이 내 정수리며 뒷머리를 훑었다. 나름 소독을 하는 모양이었다. 그리고 순간, 정수리에 무언가 틀어박혔다 나갔다. 후끈한 열기가 뇌를 휘저어놓는 것 같았다. 심장이 머리로 옮겨왔는지 혈관이 터질 듯 두근거렸다. 두번째 세번째 뾰족한 무언가가 두개골을 뚫고 들어오는 것만 같았다. 주르륵 뒷머리에서 뜨끈한 무언가가 목을 타고 흘러내렸다. 엄마의 눈은 더이상 커질 수 없을 만큼 확장됐다. 나도 모르게 손이 통증 부위로 올라갔다.

내 앞에 무릎 꿇고 앉아 있던 엄마가 벌떡 일어나 나를 잡아당겼다.

"그만! 그만하세요."

엄마가 벌벌 떨며 가방에서 손수건을 꺼내 침이 박혔던 머리를 지혈했다.

"정말 그만하실 건가요?"

할머니가 어떤 감정도 느낄 수 없는 목소리로 말했다. 엄마는 말이 나오지 않는지 고개만 끄덕였다. 노인은 한동안 그 자리에 앉아 있었다. 엄마는 내 손을 끌어다 손수건을 누르게 했다. 그러고는 가방에서 봉투를 꺼내 불전함 바구니에 넣었다.

그제야 노인이 움직였다. 나는 고개를 돌려 바닥에 깔아놓은 침을 내려다보았다. 침은 대못처럼 두껍고 끝이 뾰족했다. 침을 보자 뒷머리가 더 후끈거리며 아팠다. 할머니가 봉투를 챙겨 나가자 엄마는 내게 설명했다.

침이 박힐 적마다 노인의 눈이 희번덕거리더라고. 이대로 치료받다 내 새끼를 잡겠더라고. 이래서 치료가 잘못되어도 아무런 책임을 묻지 않겠다는 각서를 받는 모양이라고.

이야기를 들은 나는 화가 나 손수건으로 내 머리를 누르고 있던 엄마 손을 매섭게 쳐냈다. 상처에서는 피가 계속 흘러내렸다. 방바닥에 떨어진 손수건을 주워 머리 상처를 누르며 밖으로 나갔다. 엄마가 벌받는 아이처럼 내 뒤를 따라왔다. 자동차에 올라타 가자미눈을 뜨고 엄마를 노려봤다. 엄마가 불현듯 두 손에 얼굴을 파묻고 산비둘기처럼 꾹꾹 소리 내 울었다.

한참을 울던 엄마가 휴지를 꺼내 얼굴을 닦으며 말했다.

"엄마가 진짜 미안해! 엄마 죽을 때 우리 같이 죽자!"

그때 알았다. 엄마가 비로소 내 장애를 받아들였다는 것을.

"엄마!"

내가 소리 내어 부르자 엄마가 굵은 눈물방울을 매단 채 나를 애처롭게 바라봤다.

"엄마 죽을 때 같이 죽자고? 엄마나 죽어! 난 아직 창창히 더 살 거거든? 어디 물귀신처럼 물고 늘어지려고 해! 난 엄마 없어도 잘살 거거든!"

엄마가 가자미눈을 뜨고 나를 노려봤다.

"이년아! 그래, 잘 살아라! 난 너를 두고 어떻게 가나 걱정

돼 죽겠는데."

화가 난 엄마가 손을 쳐들었다. 나는 뒤통수를 누르고 있던 손수건을 엄마 앞으로 휘이 내밀었다. 엄마는 쳐들었던 손을 다시 모아 얼굴을 파묻고 꾹꾹 소리 내 울었다.

엄마와 나는 휴먼 다큐가 어울리는 사람이 아니었다. 우리 인생은 코믹 시트콤에 가까웠다. 뒤통수가 얼얼하니 아직도 아 팠지만 피는 더이상 나지 않았다. 뒷자리에 던져놓았던 가방을 뒤져 담배를 찾았다. 엄마는 슬쩍 나를 살피더니 화장지로 얼 굴을 눌러 닦고 차에 시동을 걸었다.

조수석 창을 열고 담배 연기를 뱉었다. 엄마가 운전하며 나 를 툭 쳤다. 나는 불붙인 담배를 엄마에게 넘겼다. 엄마가 나를 향해 담배 연기를 뱉었다. 내가 피식 웃자 엄마도 웃었다.

우리는 그렇게 화해했다.

나는 밤늦게까지 「자귀나무」를 연속해서 수십 번 들었다. 엄마는 그 일이 있고 5년 후 돌아가셨다. 나는 엄마에게 호언장 담했듯 잘 살아가고 있다.

창을 열고 새벽 공기를 폐 속 깊이 들이마시고 내뱉는다. 그 리고 소리 내어 말했다.

"엄마…… 나는 잘살고 있어요."

복삽했던 마음이 차분해지며 슬며시 미소가 피어났다.

사자가 잠을 잔다

예약 스케줄에 그 남자의 이름이 있다 하면 그날은 직원 모두가 긴장 상태로 비상근무에 들어간다. 그는 사자 갈기처럼 어깨까지 자란 풍성한 곱슬머리를 휘날리며 숍에 들어선다. 희끗희끗한 수염은 얼굴의 반을 가리고 있으며 항상 인상을 찌푸려 고약한 성격임을 가감 없이 드러낸다. 깡마른 몸이지만 목청은 어찌나 쩌렁한지 소리라도 지를 때면 창문이 깨져나갈 것 같이 우렁찼다.

내가 일하는 마사지 숍은 예약제지만 제시간을 지키는 손님이 드물다. 작게는 5분 10분, 심하다 싶은 손님은 30분이나 늦는 경우도 있다. 예약이 한번 늦춰지면 그뒤 스케줄이 모두

꼬인다. 그렇다고 손님을 책망할 수도 없는 형편이다. 접수 직원들은 기다려야 하는 손님께 양해를 구하고 굽신굽신 사과한다. 시술실에서 그 모양새를 듣고 있는 마사지사들도 마음이 조급해진다. 상황을 이해해주는 손님도 있지만 불쾌함을 표현하는 손님들이 더 많다.

스케줄을 빽빽하게 잡는 이유는 연락도 없이 오지 않는 노쇼 고객들 때문이다. 하지만 남자는 아량 따위를 베푸는 사내가 아니었다. 예약 시간에서 1분이라도 기다리게 되면 분노의 호통을 질렀다. 시술실에 먼지 한 톨, 머리카락 하나도 봐 넘기지 못했다. 룸 컨디션이 자기 마음에 들지 않으면 시술실을 교체해야 했다. 나중에는 급기야 피톤치드 스프레이를 가지고 다니며 자기가 누울 베드를 직접 소독했다. 방문할 때마다 실내 조도에 대한 클레임을 지적해서 전맹으로 빛조차 감지하지 못하는 원장님이 한지를 사다가 전등마다 붙여야 했다.

이런 형편이니 그가 오면 직원 모두가 숨을 죽이고 그를 거스르지 않으려 애썼다. 마사지할 때도 지켜야 할 규칙이 있었다. 필요한 대화 이외에 말을 건네서는 안 되었다. 왼쪽 어깨 능형근을 30분 이상 풀어야 하며, 마지막 10분 동안은 두피 지압을 원했다. 마사지가 끝날 때쯤이면 그는 깊게 잠이 들었다. 그러면 마사지사들은 뒤꿈치를 들고 살금살금 걸어나와 시술실 문을 소리 나지 않게 닫아주었다.

남자는 2년 동안 한 달에 두 번은 방문하는 단골이 되었다. 시간이 갈수록 남자의 성격은 더욱 서슬 퍼렇게 날이 섰다. 먼 곳을 다녀오는지 커다란 여행 가방을 끌고 올 때도 있었다. 마사지를 받고 나서 삼사십 분간 수면을 취하다 가던 패턴도 서너 시간으로 길어졌다. 깨우지 않으면 밤새 잘 기세로 코를 골아댔다.

시술실이 여유가 있을 때는 우리도 그의 수면을 방해하지 않았다. 그렇게 실컷 잠을 자고 나온 남자는 순한 양이 된다. 뻗친 머리를 손으로 빗으며 오랜만에 푹 잘 수 있었다고 꾸벅 인사하고 가벼운 발걸음으로 돌아갔다. 경우가 없는 손님은 아니었는데 불편한 고객이긴 했다.

주말, 정신없이 바쁜 시간에 그가 예약도 없이 나타났다. 접수 직원이 난처해하며 1시간 이상 기다려야 한다고 미리 말해주었다. 그는 접수대 앞에서 사방으로 헝클어진 머리를 두어 번 쓸어내리며 고민하더니 결국 소파에 앉아 기다리겠다고 결정했다.

그때 나는 예약 손님을 기다리고 있었다. 이미 예약한 시간에서 10분이 지났다. 접수 직원이 고객에게 확인 전화를 걸었다. 전화는 연결되지 않았다. 신호가 두 번 울리다 끊겨졌다. 전화를 차단해버린 것이다. 수없이 당한 일이라 어떤 감정의 동요도 없었다. 남자를 시술실로 안내했다. 그가 옷을 갈아입는 사이에 접수 직원이 내게 다가와 오늘따라 남자의 인상이 더 험악해 보인다고 속삭였다. 밤이라도 새고 왔는지 눈이 새빨갛게 충혈되어 사람 잡아먹게 생겼다고 겁을 주었다. 나도 모르게 목덜미를 문지르며 시술실로 들어섰다.

소독 스프레이로 손을 소독하고 마사지를 시작했다. 그가 노쇼 손님이 자주 있냐고 물었다. 나는 캄캄한 두 눈을 껌뻑대며 곧바로 대답하지 못했다. 예상치 못한 질문이었기 때문이다. 그는 마사지사에게 말을 건네는 사람이 아니었다. 나는 그러하다고 짧게 대답하고는 다시 마사지에 집중하려 했는데 그가 또 입을 열었다. 조금이라도 예약금을 미리 받아놓아야 한다며 신용 없는 사람들은 '금융 치료'가 정답이라 조언했다.

나는 남자가 대신 화내주고 있다는 것을 알았다. 나도 모르게 미소가 지어졌다. 그리하겠다 대답하고, 몸이 아직 긴장 상태니 호흡을 길게 내뱉으며 이완시켜보라고 주문했다. 그가 내 말에 따라 몸을 늘어뜨렸다. 나는 부지런히 손을 움직였다. 경직된 근육에 지압을 하고 굳은 관절을 스트레칭했다. 잠든 줄 알았던 그가 잔뜩 가라앉은 목소리로 취한 사람의 넋두리처럼 나약한 마음을 꺼내 보였다.

어제 그는 비행기로 15시간 떨어진 다른 나라에 있었다. 갑자기 잡힌 출장으로 밤을 새워도 업무는 줄지 않았다. 그는 오로지 '귀국하면 바로 마사지를 받으며 몇 시간은 죽은 듯 자겠다'는 의지로 스케줄을 견뎠다고 했다. 가족들이 기다리는 집보다 마사지 숍을 더 그리워했다는 것이다. 자신에게 이 순간은 고된 삶을 보상받는 시간이라 했다. 사자처럼 사납고 강한 사내라 생각했었는데 그에게도 나약해질 때가 있다는 사실을 알게 되자 약간은 그와 친밀해진 기분이었다. 서서히 수마가 그를 끌어당겼다. 졸린 목소리로 그가 힘겹게 말했다.

"항상 고마운 마음을 가지고 있어요."

그에게 듣는 감사 인사가 퍽 감동적이었다.

그의 고른 숨소리가 시술실 안에 퍼져나갔다. 나는 담요를 살짝 덮어주고 남아 있는 시간 동안 두피를 지압했다. 그가 깊게 잠이 들었다.

나는 직업 교육을 받고 바로 취업했다. 시각장애인인 내가 선택할 수 있는 직업군은 매우 한정적이었다. 마사지사라는 직업은 선택이 아니라 생존의 의무였다. 서비스 업종의 특성상 마음이 다치는 일도 있었다. 나는 내 직업이 내세우기 좋은 번듯한 일이 아닌 것 같아서 창피했다. 그러다 고객들로부터 감사 인사를 받기 시작했다. 찡그린 얼굴로 들어왔다가 웃는 얼굴로 돌아가는 이들을 보며 내 직업에 조금씩 자부심을 갖게 되었다. 사람의 몸을 만지는 일이 더이상 돈벌이 수단으로만 생각되지 않았다. 마음을 고쳐먹고 고객들을 대하자 일이 즐거워졌다. 나는 누군가에게 고된 삶을 견뎌내게 할 의지다. 살아갈 힘을 주는 사람이다.

나는 기쁜 마음으로 마사지를 마치고 소리 없이 시술실을 나와 문을 닫아주었다. 앞으로 몇 시간, 사자는 정신없이 잘 것이다. 그러고는 다시 힘을 내 하루를 살아가겠지.

나도 다시 힘을 냈다. 그러고는 다음 시술실의 문을 열었다.

에릭 사티가 내리던
타이베이

'극복'이라는 말처럼 오만한 단어가 있을까? 장애를 극복하고, 가난을 극복하고, 불합리한 사회를 극복했다는 말을 들을 때마다 생각한다. 나는 영원히 내 장애를 극복하지 못할 거라고. 나는 단지 자주 내 장애를 잊고 산다. 잊어야지만 살 수가 있다. 그래서 누구보다 빨리 체념한다. 그것이 나를 지키는 방법이다.

온 나라에 여행 붐이 일었다. 한두 번 비행기를 타고 낯선 나라들을 경험하자 나도 여행의 즐거움에 빠졌다. 내게는 시간도 돈도 있었다. 문제는 홀로 나서지 못한다는 것이다. 장애는 이런 것이다. 어딘가에 숨어 있다가 느닷없이 튀어나와 등짝을 걷어차버린다. 속절없이 바닥을 구르며 억울함을 삼키던 어느 날, 복지관에서 주관하는 여행 프로그램이 신청자를 받았다. 조건은 비장애 안내인을 반드시 동행해야 한다는 것. 지인들에게 동행을 부탁했으나 모두 스케줄이 맞지 않았다. 안 된다 생각하면 누구보다 빨리 체념해버리는 나였는데, 그때는 무슨 수를 써서라도 여행을 가고 싶었다. 이런 기회가 흔치 않았기 때문이다.

복지관에 사정을 말하고 비용을 일부 부담할 수 있다고 말했다. 담당자는 동행인의 비용을 전액 부담하겠다고 해도 사람이 구해질까 말까라며, 이미 몇 명의 시각장애인들이 같은 부탁을 해왔다고 건조하게 말했다. 나는 왜 그녀의 말에 수치심을 느꼈는지 모르겠다. 전화를 끊고 나서도 한동안 분하고 억울한 마음이 나를 괴롭혔다.

그로부터 몇 년 후 나는 장애인 콜택시를 타고 이동하다 기사님과 여행 이야기를 하게 되었다. 마흔 살 노총각 기사님은 돈이 모이면 여행을 다니는 게 취미라고 했다. 그는 내게 여행을 좋아하냐고 물으며 이런 이야기를 했다.

"어떤 회원님께 들은 이야긴데요. 전맹 시각장애인 여성 셋이 해외여행을 다니는데, 비장애인 동행 없이 셋만 떠나기도 한다는 거예요. 정말 대단하지 않나요?"

나는 싱긋 웃었다. 분한 마음은 때로 용기라는 에너지로 전환되기도 한다.

복지관 일이 불발된 후 나는 여행에 대한 공부를 시작했다. 여행 팟캐스트 방송을 듣고 여행 블로그를 읽었다. 가이드북 전문 작가의 인터뷰를 찾아보기도 했다. 감정을 억누르고 머릿속에 이성을 채웠다. 누구와, 어디로, 어떻게, 무엇을 하고 싶은지를 정리하면서 하나하나 계획을 세워나갔다. 적당한 거리와 무리되지 않을 비용, 치안문제도 고민했다. 그렇게 해서 찾아낸 여행지가 타이완이었다. 당시 내 조건에 부합되는 여행지였다. 가장 친한 두 친구에게 함께 여행하자고 제안했다.

"왜 안 하던 의사 결정권을 줘?"

"너 하던 대로 일당 독재로 진행해!"

나는 주체사상에 물들어 있는 두 친구의 머리를 한 번씩 쓰다듬어주고 여행사 선정에 들어갔다. 스마트폰으로 하루종일 검색해서 10여 곳의 여행사를 뽑았다. 여행사에 일일이 전화를 걸어 우리의 사정을 설명하고 여행이 가능한지, 가능하다면 비용은 얼마나 드는지를 문의했다. 예상대로 대여섯 곳은 행사 자체를 거절했고 세 곳은 말도 안 되는 프로그램과 비용을 청구했다. 한 곳은 연락해주겠다 하고 끝이었다.

그런 중에 얼어걸린 여행사가 타이완 전문 투어인 '고타이완'여행사였다. 나는 여행사 홈페이지를 하나하나 꼼꼼히 읽어보았다. 때마침 동료에게 장애인이 운영한다는 여행사도 소개받았다. 나는 두 곳의 견적서를 보고 고민에 빠졌다. 장단점이 확실했다. 비록 돈은 들지만 내 맘대로 여행 스케줄을 정할 것인가. 아니면 저렴한 대신 여행사의 기존 스케줄에 맞추고 쇼핑센터도 몇 군데 들르는 뻔한 여행을 할 것인가. 자유와 강제 사이에서 나는 비용을 지불하기로 결정했다.

그후로는 퇴근하면 두어 시간씩 검색을 하다 잠드는 것이 정해진 일과였다. 출발 일주일 전에 마지막으로 여행사와 스케줄을 점검하고 잔금을 치렀다. 그사이에 대만 작가의 소설을 두 편 읽고 영화도 보았다. 하루하루 날짜가 다가올수록 두렵기도 하고 설레기도 했다.

드디어 출국 날이었다. 인천공항에 도착해 예약한 항공사에 케어 서비스를 요청했다. 한참을 기다리자 지상직 남자 직원 한 명이 배정됐다. 그는 두 가지 선택권을 제시했다. 체크인 카운터에서 기다렸다가 탑승 30분 전에 입장하는 것과 지금 들어가 탑승구 앞에 앉아 있는 것 중에서 결정하라고 했다. 나는 인터넷으로 주문한 면세품을 찾아야 한다고 말했다. 그는 매뉴얼에 그런 코스는 없다며 어딘가로 전화해 허락을 받았다.

"혹시 면세점 쇼핑은 불가능한가요?"

거절당할 것을 예상하고 물었다. 예상대로였다. 그는 케어 서비스 매뉴얼에 쇼핑 도우미는 없다며 단호하게 거절했다. 주머니 속 기프트 카드를 만지작거렸다. 오늘까지 써야 하는 면세점 전용 선불카드였다. 아깝지만 별 수 없었다. 내가 그의 팔을 붙잡고 내 뒤로 친구들이 차례차례 어깨를 잡았다. 나는 그에게 동편 면세점 인도장으로 가야 한다고 분명하게 말했다. 그는 걱정 말라며 탑승까지 시간이 아주 많이 남아 있으니 천천히 움직여도 된다고 자신했다. 그러나 나는 이유를 알 수 없는 불안감에 마냥 느긋한 청년을 재촉했다.

　이번에도 예상은 틀리지 않았다. 내가 분명 동편이라 했음에도 그는 서편으로 향했다. 당연히 내가 인도받아야 하는 면세점은 그곳에 없었다. 그 사실조차도 나랑 같이 한참동안 줄서 있던 친구 A가 주변 사람들의 이야기를 듣고 알아차린 것이다. 청년이 허둥대기 시작했다. 우리는 동편으로 뛰다시피 걸었다. 지나치는 사람과 계속 어깨를 부딪치고 서로의 뒤꿈치를 밟아댔다. 도착한 동편 인도장은 아니나 다를까, 줄이 끝없이 길었다. 간신히 물건을 인계받은 후 수량을 확인할 새도 없이 다시 뛰어서 탑승장으로 향했다. 탑승이 막 시작되고 있었다. 티켓을 확인하는 직원이 우리 일행의 이름을 불러댔다. 청년과 인사할 겨를도 없이 부랴부랴 비행기에 올랐다.

　좌석에 앉고 한동안 숨을 골랐다. 이마에 땀까지 맺혔다. 허둥지둥하는 사이에 승무원이 짐을 정리해주고 벨트를 조절해 채워주었다. 황송한 서비스였다. 승무원은 점자로 된 안내책자를 가져다주었다. 비상시 탈출구와 안내수칙이 적힌 책자였다. 셋이 책자를 돌려보고 있는데 사무장이라는 젊은 여성이 인사를 하러 왔다. 그녀가 내 손을 꼭 잡으며 말했다.

"사고가 나면 내가 반드시 구해줄게요."

나는 황송해 고개를 조아리며 꼭 좀 그래달라고 맞장구쳤다. 기체가 이륙하자 설렘과 불안이 마음속에서 춤을 추었다. 지금의 주인공은 설렘이었다. 우리는 맥주를 한 캔 주문해 셋이 나누어 마셨다. 성공적인 여행을 위해 건배사를 곁들이는 것도 잊지 않았다.

타이완공항에 도착하자 승무원들이 다가왔다. 우리는 벨트를 풀고 짐을 챙겼다. 이미 당장이라도 뛰어내릴 준비가 되어 있었다. 브리지 앞에는 우리를 인계받을 타이완 직원이 대기하고 있었다. 직원의 안내를 받으며 이동하던 중에 갑자기 그가 우리를 의자에 앉혔다. 그러고는 영어나 중국어가 가능하냐고 물었다. 나는 영어만 약간 가능하다고 말했다. 그러자 그는 기다리라고 말하고 사라졌다.

그를 기다리는 동안 우리 앞으로 한국에서 함께 출발한 승객들이 모두 지나갔다. 우리는 멀뚱히 앉아 멀어지는 다른 사람들의 발소리를 듣고 있었다. 나는 조금씩 불안해졌다.

'왜 우리만 입국심사를 받게 하지 않는 거지? 혹시 장애인들끼리라 입국을 불허하려는 걸까?'

최악의 경우들이 머릿속을 떠돌았다. 한참을 기다리고 있는데 버기카 한 대가 우리 앞에 정차했다. 직원은 우리를 한 명씩 버기카에 올라타게 도왔다. 우리는 버기카에 탄 채로 아까 우리를 지나갔던 한국인들을 지나쳤다. 그렇게 한 번도 내리지 않고 입국심사를 거쳐 수화물을 찾았고 가이드 손과 만났다.

가이드 손은 공항 직원과 무어라 이야기를 나눴다. 심각한 분위기여서 무슨 이야기였냐고 묻지 않을 수 없었다. 가이드 손은 직원이 자기 신상을 적어갔고, 우리가 제날짜에 출국하지 않을 시 가이드 손에게 책임을 물을 수 있다는 경고를 들었다고 말했다.

순간 우리 사이에 정적이 내려앉았다. 가이드 손과의 첫 대면은 난감함이었다. 그는 한동안 우리 앞에서 머뭇거렸다. 앞 못 보는 장애인이 한 명도 아니고 셋이었다. 게다가 공항 직원은 사고가 나면 책임을 물을 수도 있다는 경고까지 하고 갔다. 앞으로의 일이 캄캄했을 것이다. 나는 얼른 가방에서 봉투를 꺼내 가이드 손에게 내밀었다. 그가 받아서 내용물을 보았다.

"이거 얼마인지 알고 주는 거예요?"

내가 봉투 속 금액을 이야기하며 부탁했다.

"난감하시겠지만 잘 부탁드려요."

그가 멋쩍게 들고 있던 봉투를 집어넣고 승합차 기사에게 전화를 했다. 짐을 싣고 일정을 시작했다. 가이드 손은 오늘의 일정을 브리핑하고 자기소개를 했다. 그는 화교로 한국인 아내와 딸 하나를 가진 아버지였다. 본업은 한국 방송에 자막을 다는 일이란다. 그러다가 가이드 일이 들어오면 종종 이렇게 투어를 진행한다고 했다. 브리핑을 끝낸 그는 이동 시간이 좀 있으니 편히 쉬라고 말했다. 우리는 본격적으로 떠들기 시작했다. 기사는 라디오 볼륨을 조금씩 높였다. 우리도 지지 않고 목소리를 높여 수다를 떨었다. 결국 기사가 항복하고 아예 라디오를 껐다.

사실 나는 일정을 시작하지도 않았는데 벌써부터 감정이 복받쳤다.

도착했다! 거절당했던 세 명의 장애인이, 우리끼리 무사히 도착한 것이다. 앞으로의 일정이 어찌 되든 상관없이 기뻤다. 이 아무것도 아닌 사실에 나는 픽 감동했다. 이런 촌스러운 마음을 들킬까 부러 크게 떠들고 웃어댔다.

간단히 식사한 뒤, 관광지 앞에 차가 내려주면 주변을 한 바퀴 돌아보고 다시 차에 타기를 반복했다. 신기한 것도 특별한 것도 없었다. 가이드 손이 열심히 설명해줬지만 출발하기 전

블로그에서 본 설명이 더 자세했다. 우리가 그다지 즐거워하지 않자 가이드 손은 작전을 바꿨다. 강과 바다가 만나는 공원의 나무 벤치에 우리를 앉히고 어디론가 달려갔다. 석양을 보는 뷰포인트라더니 곧 인파가 몰려들었다. 그는 사람을 헤치고 돌아와서는 가슴에 품고 온 간식거리를 우리에게 쥐어주었다. 작은 벤치에 네 명이 나란히 엉덩이를 좁히고 앉아 오징어튀김을 씹으며 석양을 바라봤다. 몰린 인파 사이에 한국인들이 있었는지 목소리가 들렸다.

"우리도 오징어튀김 사 먹자. 엄청 맛있어 보여!"

일행 모두가 그 소리를 들었는지 키득키득 웃어댔다. 여행의 즐거움은 어떤 가이드를 만나느냐에 따라 달라진다는 것을 나는 가이드 손을 통해 알게 됐다.

우리는 타이완 필수 코스인 고궁박물관, 중정기념당, 용산사, 시먼딩 등 스케줄상의 모든 일정을 소화했다. 그러나 기억에 남는 것은 거의 없었다. 시각의 부재 때문은 아니었다. 내 기억에 남는 것은 따로 있었고, 대개는 이런 것들이었다.

어느 미슐랭가이드 식당에서였다. 식당에 도착했을 때는 이미 식당 문에서부터 30미터 가까이 대기 줄이 늘어서 있었다. 우리가 줄을 서자 직원이 다가와 번호표를 나누어주었다. 물론 우리도 번호표를 받았다. 직원은 가이드 손에게 무언가를 묻고 들어갔다가 다시 나오더니 우리 일행을 손짓해 불렀다. 그리고 우리는 테이블로 곧장 안내되었다. 알고 보니 그 식당은 몸이 불편한 노약자를 위해 작은 테이블 하나를 항상 비워두고 예약을 받는단다. 그날 그 테이블은 우리를 위한 것이었다.

음반을 사기 위해 엘리베이터를 타려 했을 때였다. 작은 엘리베이터에는 선객이 있었다. 젊은 가족이었는데 우리를 보자 자신들이 미안하다며 자리를 양보하고 말릴 새도 없이 계단으로 걸어올라갔다.

풍등을 날리러 간 기찻길에 늘어선 작은 상점 앞에서였다. 가이드 손은 상점에서 풍등을 주문하고 소원을 적어주었다. 상점 안이 협소해 우리는 밖에 서서 기다렸다. 우리가 신나게 수다를 떨고 있자 여행 온 한국 할머니 일행이 다가와 말을 걸었다. 장애를 동정하는 말이었다. 우리는 입을 꾹 다물었다. 할머니 일행이 풍등을 날리고 빠져나갔다. 그때 젊은 남성 셋이 다가왔다. 그들은 우리에게 간이의자를 가져다주었다. 풍등가게 옆 과일주스가게의 점원들이었다. 어린 청년들이었는데 연신 어색한 한국말로 "괜찮아! 앉아!" 하고 우리를 안심시켰다. 우리는 그들과 함께 풍등을 날리며 단체사진을 찍었다.

가이드 손은 우리를 공주님이라고 불렀다. 나는 난생처음

들어보는 민망한 호칭이라 몸 둘 바를 몰랐다. 그는 고등학생 딸이 좋아하는 팬시점과 아이스크림가게에 우리를 데려갔다. 신기한 모형이 있으면 주인에게 미리 양해를 구하고 우리가 만져볼 수 있도록 각각의 손에 쥐여주었다. 가이드 손은 그런 사람이었다. 상냥하고 세심했다.

우리는 새끼 제비처럼 입만 벌려 그가 먹여주는 길거리 음식을 받아먹었다. 우리가 맛있다고 엄지를 치켜올리면 가이드 손은 특유의 덩실덩실 춤으로 기쁨을 표현했다. 이틀 사이에 우리는 매우 친해졌다. 그가 속마음을 말했다.

"평범한 관광지는 재미없죠? 원하는 걸 말해봐요."

"커피 한잔 손에 들고 공원을 산책하고 싶어요. 조용히 사색에 잠겨 자연의 소리를 듣고 싶어요."

우리가 원하는 것은 비장애인들에게는 아무것도 아닌 사소한 일상이었다. 그 사소함이 우리에게는 특별함이었다. 프로그램 활동에 보호자를 동반해야 한다는 이유로 장애인복지관에서조차 거절당했을 때, 나는 실망했고 믿음을 배신당한 느낌이었다. 적어도 그곳은 함께 방법을 고민해보자고 손을 내밀어줄 줄 알았다. 내 말을 듣고 A는 혀를 찼다. 나더러 아직도 순진한 구석이 있다며 위로와 함께 현실을 일깨워주었다.

진정한 배려란 뭘까.

나로서는 항공기 승무원의 응대가 무척 인상 깊었다. 내게 따듯한 타월을 건네거나 혹은 필요한 게 있는지를 물을 때 그녀는 항상 내 손등에 자기 손을 살며시 올려놓고 말을 했다. 특별히 상냥한 목소리를 하거나 말을 길게 하는 건 아니었다. 그러나 손의 언어를 통해 나는 그녀의 진심을 건네받은 느낌이었다.

가이드 손에게서도 같은 감정을 느꼈다. 우리에게 말할 때 그는 당사자의 얼굴을 보면서 말했다. 병원이든 은행이든 관공서든 우리가 동행인과 함께 방문하면 상대는 대부분 동행인의 얼굴을 보고 동행인에게 설명하곤 했다. 설명이 필요한 건 내 몸이고, 내 돈이고, 내 일인데 말이다. 속 터지는 일이었지만 매번 같은 경우가 반복되자 체념해버렸다. 안 그러면 내 마음만 다친다.

관광지에서 마주친 한국인 할머니들이 걱정을 담아 우리에게 건넨 말은 이렇다.

"앞도 못 보면서 여길 힘들게 뭐 하러 왔누!"

보이지 않아도 보고 싶은 욕망은 있다.

들리지 않아도 듣고 싶은 소망이 있다.

걸을 수 없어도 뛰고 싶은 마음은 들 수 있다.

모든 이들은 행복하고 싶은 욕구가 있다.

비록 제한적인 감각이라 해도 나는 들을 수 있고 냄새 맡을 수 있으며 낯선 바람을 느낄 수도 있다. 그것으로 행복하다면 여행의 의미를 찾을 수 있지 않을까?

여행의 마지막날 우리는 아침부터 타이베이 시내를 목적 없이 어슬렁거렸다. 쓰레기차를 기다리는 동네 사람들 사이에서 줄을 서고, 길가 노점 도시락 뷔페에서 먹고 싶은 반찬을 골라 도시락을 포장해 공원에서 점심을 먹고, 산책 나온 강아지를 쓰다듬어주고, 안개비를 맞으며 음반가게들을 찾아다녔다. 얼후(二胡) 연주 앨범을 사려 했으나 마침 음반가게들은 짠 것처럼 에릭 사티의 앨범을 홍보하고 있었다. 스피커에서 흘러나오는 피아노 연주를 가만히 들어보았다. 안개비는 점차 이슬비로 바뀌더니 결국 빗줄기가 굵어졌다. 빗소리와 어우러진 에릭 사티의 연주곡은 촉촉이 가슴을 적셔왔다. 그때 그런 생각이 들었다.

'나는 이 도시를 지금 이 순간으로 영원히 기억하겠구나!'

비를 피해 택시를 탔다. 유쾌한 기사님은 아내가 만들었다며 비즈공예 작품을 홍보했다. 아내의 작품을 하나라도 팔고 싶어하는 기사님의 홍보에 분홍색 쿵푸판다 휴대전화걸이를 샀다. 사실 모두 아이폰을 사용하는 터라 불필요한 액세서리였다. 하지만 택시 영업보다 작품을 판 것을 더 기뻐하는 기사님 때문에 모두가 즐거운 마음으로 지갑을 열었다.

진정한 여행은 이런 것이라는 생각이 들었다. 남이 한 여행의 기록을 따라가는 게 아니라 나만의 길에서 나만의 추억을 만들어가는 과정. 그것이 여행 아닐까?

가이드 손의 마지막 인사가 생각난다.

"여러분이 무사히 타이완을 떠날 때까지 난 이곳에 있을 거예요. 혹시 무슨 일이 생기면 내게 전화 줘요."

공항 직원에게 우리를 인계하며 그가 말했다. 천천히 걸어 출국장에 들어갔다. 가이드 손의 시선이 오래도록 등에 와닿았다. 감정이 울컥 복받쳤다. 그래서 뒤를 돌아보지 않았다.

우리는 무사히 인천공항에 도착했다. 공항끼리 연계가 잘되어 있는지 우리를 인계받을 직원이 대기하고 있었다. 그의 팔을 잡고 셋이 줄지어 걸어갔다. 내 땅에 돌아왔다는 안도와 여행에서 얻은 충족감으로 마음도 얼굴도 상기돼 있었다. 그때였다. 입국허가를 받기 위해 내국인 전용 줄에 섰다가 이동하는데 무전기를 들고 있던 어느 직원들이 우리에 대해 말했다.

"장애인들 저러고 다니는 거 창피하지도 않나?"

흥분됐던 마음이 찬물을 뒤집어쓴 것처럼 차갑게 식었다. 따끔한 시선이 우리 등뒤에 따라붙었다. 정신이 번쩍 났다. 내가 속한 현실로 귀환한 것이다. 며칠 전 이곳에서 누군가와 부딪친 어깨가, 길가 볼라드에 찧은 정강이뼈가, 벽 모서리에 박은 이마의 상처가 다시금 화끈거리는 것만 같았다.

수화물을 찾고 택시를 탔다. 가이드 손에게 잘 도착했다는 메시지를 보냈다. 그는 기다렸다는 듯 응답 메시지를 보냈다.

내 장애인 동료는 앞도 못 보는데 바다든 산이든 집이든 장소가 무슨 소용이 있냐며 여행의 무의미함을 이야기했다. 나는 아는 만큼 넓어지고 느껴본 만큼 인생이 풍요로워진다고, 꼭 제대로 된 자신만의 여행을 경험해보라고 그에게 권했다.

타이베이로의 출발, 그것은 왜 우리끼리는 안 되냐는 반항심에서 시작된 여행이었다. 글에 남기지는 않았지만 더 많은 거절과 더 많은 모욕과 조롱이 우리를 따라다녔다. 그럼에도 나는 다음 여행을 준비한다. 행복은 바라는 대로 주어지는 게 아니라 노력과 의지로 맺는 열매 같은 것이라는 걸 나는 여행을 통해 알게 되었기 때문이다.

찔레꽃 향기 되어

그를 만난 날은 눈발이 휘날리던 2월의 마지막 주 금요일이었다. 나는 직업수련원 학생들이 실습할 만한 장소를 섭외하기 위해 가구 수가 많은 경로당을 방문하는 중이었다. 노인회장님과의 약속 시간에 맞춰 경로당 문을 밀고 들어서니 실내는 노인들의 도란거림 대신 여가수의 애잔한 음색이 낯선 언어로 흘러넘쳤다. 나는 잠시 현관에 서서 음악에 귀를 기울였다. 언어는 생소했지만 멜로디는 익숙했다. 따라 들어온 냉기를 털어내며 기억을 더듬었다.

……김추자! 그렇다, 그것은 김추자의 〈눈이 내리네〉라는 곡이었다.

안에서 노인의 목소리가 들렸다.

"누구요?"

나는 장지문을 열고 어르신께 인사를 올린 뒤 방문 이유를 밝혔다. 그는 내가 시각장애인인 걸 알아차리고 나를 소파로 안내해 따뜻한 차를 내주었다. 경로당 안은 이전 방문지와 달리 한산하다 못해 적막했다. 연유를 묻자 그는 회원 중의 한 분이 돌아가셔서 다들 장례식장에 가셨다고 했다. 상황을 보고받은 사무실에서 내게 현장에서 퇴근하라는 연락을 보냈다. 이에 콜택시를 부르려 했으나 업체가 전화를 받지 않았다. 난감한 노릇이었다. 눈도 내리고 도시 외곽의 임대아파트라 차편 구하기가 쉽지 않을 터였다.

그는 상황을 살피더니 두어 시간 후면 시내 병원에서 투석을 받고 돌아오는 노인들이 있으니 그 차편을 이용하면 된다며 나를 안심시켰다. 그러는 중에도 눈은 쉴새없이 쌓여갔다. 낯선 언어의 음악과 가수의 허밍이 건조한 공간에 내려앉았다. CD는 그새 한 바퀴를 모두 돌고 다시 〈눈이 내리네〉로 돌아와 있었다.

'이 곡처럼 오늘과 잘 어울리는 음악이 있을까?'

나도 모르게 노래를 따라 불렀다. 그러자 노인이 물었다.

"이 노래를 압니까?"

나는 고개를 끄덕이며 김추자 곡이라고 말했다.

"김추자요? 아뇨, 이건 원래 러시아 노래입니다."

그는 낯선 언어로 노래를 따라 불렀다. 그의 목소리는 눈송이보다 장미 꽃잎이 휘날리는 듯 밝고 화려하게 느껴졌다.

"어쩜 그렇게 러시아 노래를 잘 부르세요?"

내 물음에 그가 대답했다.

"내가 러시아 사람이니까요. 나를 낳은 건 이 땅이지만 나를 키운 건 차갑고 황량한 러시아 땅이라오."

그는 일제강점기에 사할린섬으로 강제이주당한 조선인들에 대해 이야기했다. 침략자들은 벌목장, 군수공장 등에서 조선인들을 노예처럼 부렸다. 2차 대전이 일본의 패전으로 끝나자 사할린의 조선인들은 고국의 품으로 돌아갈 날만을 손꼽아 기다렸다.

"아버지 고향은 충남 서천이었습니다. 징용에 끌려갈 때 나는 젖먹이 어린애였어요. 1997년부터 사할린 동포 영주 귀국이 시작되었는데 아버지는 이미 돌아가신 후였습니다. 당시 내가 일흔이 다 된 나이였으니 당연한 결과지요."

자신을 러시아인이라고 말하는 그가 왜 한국에 영주 귀국했는지 궁금했다. 그가 말했다.

"내 이름은 공경동입니다. 아버지는 단 한번도 내게 러시아 이름을 붙여주지 않았습니다. 비록 조국이 자신을 외면한다 해도 자신은 조선인이라는 걸 잊지 않으려 했던 겁니다. 나는

2001년 아버지의 유골과 함께 영주 귀국했습니다. 마침 퇴직을 한 데다가 아버지가 꿈에서까지 염원했던 고향 땅에서 살아보고 싶었거든요. 그런데 요즘 나는 사할린으로 다시 돌아갈까 고민중이에요. 일생의 마지막을 내 땅 내 자식 곁에서 보내고 싶어졌어요. 아마 이런 게 귀소본능인가 봅니다."

그는 군이 입구까지 나를 배웅하면서 러시아 말로 작별인사를 건넸다. 그 순간이었을 것이다. 나는 고향을 떠나던 날 외조부의 마지막 말을 떠올리고 말았다.

"애야! 언제든 돌아오너라!"

흩어졌던 기억들이 하나둘 맞춰지기 시작했다. 버드나무 아래 서 계시던 외조부의 그림자가 눈앞에 일렁였다.

외조부는 명문가의 자손이라는 자부심과 유교적 관습이 뼛속 깊이 새겨진 옹골진 선비였다. 굶어죽어도 남에게 아쉬운 소리를 못할 분인데 어찌어찌 외손녀인 나를 떠맡게 되었다. 당연히 심사가 편할 리 없었다. 유년기의 내가 외조부로부터 가장 많이 들었고, 가장 듣기 싫었던 말이 있었다.

"이 변변치 못한 것."

외조부는 내가 반찬 투정을 하거나 신을 뒤집어 벗어놓기라도 하면 어김없이 호랑이 눈을 뜨고 야단을 치셨다. "이 본디 없고 변변치 못한 것!" 악의 없이 툭툭 내뱉으신 말이었을 것이다. 하지만 어린 마음에 설움이 이루 말할 수 없었다.

농한기면 외조부는 난을 치거나 불경을 필사하는 일로 시간을 보냈다. 그런 외조부가 지필묵을 꺼내면 나는 잔심부름을 도맡아야 했다. 초등학교도 입학하기 전이었다. 고사리손이 가는 먹이 뭐 그리 흡족했을까만은 눈치가 빨랐던 나는, 내가 먹을 갈면 외조부가 기특해한다는 것을 알았다. 외조부의 난 치는 솜씨는 인근에 소문이 자자할 정도로 빼어났다. 그래서 외조부가 난을 치실 때면 구경꾼들이 모여들었다. 시중드는 나는 죽을 맛이었다. 몇 시간 동안 꼼짝없이 자리를 지켜야 했기 때문이다. 그러다가 손님이 내게 기특하다고 칭찬이라도 할 참이면 외조부는 못마땅한 어조로 뇌까렸다.

"외손주 따위야 방아깨비만도 못한 거 아니요!"

멋쩍고 무안해진 나는 얼굴을 들지 못했다. 철모르는 어린아이였지만 더부살이 신세가 고달팠다. 그때마다 외조부가 야속했지만 밉고 싫은 감정은 아니었다. 그보다 외조부에게 버림받을까봐 두려웠다.

한글을 깨치자 외조부는 매일 다라니경을 열 번씩 연속으로 낭독하게 했다. 다라니경은 불교의 주문 중 하나로 자손이 부모 살아생전 만 번을 낭독해드리면 부모가 천수를 하고 극락에 든다는 설화가 전해지는 불경이다. 외조부는 아랫목에 목침을 베고 누워 내 독경소리를 들으며 낮잠에 드시곤 했다. 매일 알아듣지도 못하는 말을 열 번씩 낭독하는 것은 곤혹이었다. 외조부는 독경이 서너 번 반복될 때쯤 고른 숨소리를 내며 잠드셨는데 내 독경소리가 줄어들거나 도중에 멈출 참이면 귀신같이 알아채고 일어나 호통을 치셨다. 나는 약은꾀를 내다가 다라니경을 처음부터 다시 읽는 벌을 받기 일쑤였다.

그러나 외조부가 나를 미워하신 것만은 아니었다. 샛강에 빠져 죽다 살아난 날도, 열병에 걸려 먹은 것을 게워내고 앓아누운 날도 외조부는 밤늦게까지 잠 못 이루고 방문 앞을 오가셨다. 병을 털어내고 밥상에 앉으면 외조부는 또 혀 차는 소리로 퉁바리를 놓으셨다. "이 변변치 못한 것."

그러면서도 굴비 살을 발라 밥 위에 얹어주셨고, 내가 초등학교에 입학하자 학교 행사에 모두 참석해주셨다. 다른 사촌들과 날짜가 겹쳐도 예외 없이 내게 와주셨다.

열여섯 살의 화창한 여름날. 나는 쪼그라든 외조부 앞에 무릎을 꿇고 앉아 용서를 빌었다. 외조부 말씀대로 변변치 못하게도 눈이 멀어가고 있다고, 정말 방아깨비만도 못한 손녀가 되어버렸다고 아뢰었다. 노쇠한 심신 때문이었을까, 그게 아니면 생때같은 혈육의 캄캄한 현실 때문이었을까. 외조부는 슬픔을 갈무리하지 못하고 목놓아 우셨다. 이윽고 고향을 떠나 도시의 장애인학교로 떠나는 날이었다. 외조부는 버스 타는 걸 보겠다며 굳이 신작로까지 따라 나오셨다. 버스가 내 앞에 멈춰 서자 외조부는 내 팔을 잡으며 말씀하셨다.

"애야! 언제든 돌아오너라!"

나는 차마 외조부 얼굴을 보지 못하고 고개만 끄덕였다. 외조부는 내 졸업식에 참석하지 못하고 세상을 떠나셨다.

그분에게서 외조부의 그림자를 보았기 때문일까. 러시아 할아버지를 한번 더 만나보고 싶었다. 차편을 마련해준 것에 대한 인사와 함께 전할 말이 있었다. 〈눈이 내리네〉는 러시아 곡도 김추자의 곡도 아니었다. 원곡이 있었고 여러 나라에서 그것을 자국어로 불렀던 것이다. 그러나 다시 찾은 경로당에 그는 없었다. 병환이 깊어져 사할린으로 출국했다는 이야기만 전해들었다.

도시의 장애인학교로 떠나온 후 나는 외조부께 연락하지 않았다. 일부러 그랬다. 혹여 몸이 성치 않은 자손으로 인해 체면이 상하실까 싶어서였다. 외조부가 돌아가시기 두어 달 전 외숙모로부터 연락을 받았다. 외조부의 병환이 깊어져 이번 명절엔 자손들이 모두 모이는 게 좋겠다는 말씀이었다. 당장이라도 고향집에 내려가고 싶었다. 그러나 시력을 잃어가는 내 모습을 외조부께 보이고 싶지 않았다. 귀천을 앞둔 쇠약한 노인께 마지막까지 걱정으로 남고 싶지 않았다.

나 핑계였다. 마른 쭉정이처럼 쇠약해진 조부를 나는 차마 마주할 수가 없었다. 나의 외조부는 호랑이 눈을 치켜뜨고 벼락같이 호통을 치며 본향 집을 지키셔야 했다. 그래야만 내가 살아갈 수 있을 것 같았다.

　청명, 말 그대로 맑고 푸른 봄날에 나는 귀향길에 올랐다. 버스에서 내려 마을 입구로 향했다. 길은 넓어지고 싸리문 담장은 이미 오래전에 사라졌다. 하지만 공기의 질감이, 발끝의 감각이 고향을 기억하고 있었다. 공터가 되어버린 본향 집터 앞을 오래도록 서성였다.

　외조부가 없는 고향은 낯선 언어로 듣는 익숙한 노래처럼 어색하고 괴기스러웠다. 외조부가 지키지 않는 고향은 더는 본향이라 할 수 없었다. 순간 깨달았다. 인간의 귀소본능이란 태어난 장소로 돌아가려는 것이 아니라 결국 사람에게 돌아가고 싶어하는 그리움이라는 것을.

　외조부 앞에 포와 술을 올리고 무릎을 꿇었다. 빈손으로 돌아온 방아깨비만도 못한 외손녀는 용서를 비는 대신 열 살 계집아이로 돌아가 낮잠이 드신 외조부께 다라니경을 암송해드린다. 외조부는 찔레꽃 향기가 되어 내 손등을 도닥여주신다.

그녀가 온다

"봉사님, 일주일 동안 잘 계셨어요?"

여인이 다소곳이 고개 숙여 인사했다. 챙이 큰 모자에 선글라스, 한여름인데도 스카프를 목에 감고 있고, 옷은 얇은 긴팔긴바지 차림이다. 어깨에는 보스턴백을 메고 있다. 그녀는 매주 일요일 오전 11시 내게 마사지를 받는 고객이다. 올해 84세로 양쪽 귀에 보청기를 끼는 것 외에 큰 질병은 없다. 자세가 바르고 꾸준히 체형관리를 해서 허리가 꼿꼿하다. 다만 노인에게는 마음의 병이 있다.

그녀의 집에서 우리 마사지 숍까지는 도보로 15분이다. 그

15분이 여인에게는 커다란 용기며 도전이다.

"그날 우리 아저씨가 헬스클럽에서 운동이 끝났다며 데리러 오겠다고 하는 거예요. 백화점에서 한창 쇼핑하고 있었던 나는 알았다며 기다리겠다고 대답했죠. 그게 마지막이었어요."

통화가 있고 30분 후 여인은 남편의 사망 소식을 들었다. 급성심근경색이었다. 그의 나이 62세였다.

"우리 아저씨는 정말 자상한 사람이었어요. 난 쓰레기봉지 한 번 내 손으로 내다놓은 적이 없었어요. 그 가냘픈 손목으로 어찌 설거지를 하느냐고 물에 손도 못 담그게 했어요. 자기가 뭐든 번쩍번쩍 들고 옮기고 나를 아꼈죠."

여인은 반려자와 작별한 지 20년도 더 지났지만 그의 죽음을 믿을 수도, 그를 잊을 수도 없다고 말했다. 준비되지 않은 이별은 그녀에게 마음의 병으로 찾아왔다. 처음에는 불안 증세였다. 차를 타거나 열차를 타면 가슴이 두근거리고 숨이 막히는 증세가 나타났다. 하다못해 지하철조차 탈 수 없어 멀리 이동하는 것은 꿈도 못 꿀 지경이었다. 그녀는 점차 고립되어갔다. 본인은 이걸 병이라고 생각지 못했다. 그러니 치료받을 생각도 하지 않았다.

병은 멈추지 않고 계속 진행되었다. 급기야 아파트 현관 앞을 한 걸음만 넘어서도 심장이 두근거리며 두렵고 무서워졌다. 혼자서 하는 외출이 불가능해졌다. 자연스레 자식들에게 의지하는 일이 늘어났다. 다행히 아들딸 내외가 근처에 모여 살았지만 자식들도 제 가정이 먼저였기에 점차 어머니를 부담스러워하는 지경에 이르렀고 결국 관계까지 멀어졌다.

여인은 내게 처음 마사지를 받으러 와서 이렇게 말했다.

"봉사님, 저 담 좀 커지는 안마를 해주세요."

나는 황당했다. 근육을 풀어달라든지 부종을 빼달라는 주문은 들어본 적 있어도 담을 키워달라는 요청은 처음이었다.

"올해도 어버이날에 교회에서 버스를 대절해 관광을 보내 줬는데 나만 못 갔어요. 이번에는 꼭 가보겠다고 다짐했는데 결국 무서워서 못 가겠더라고요. 내년에는 꼭 갈 수 있게 봉사님이 나 담 좀 커지는 안마를 해주세요."

그로부터 시작된 그녀와 나의 대화는 거의 만담 수준이다. 귀가 어두운 여인에게 나는 고래고래 소리를 질러대며 대화를 나눈다. 처음에는 싸움이라도 난 줄 알고 직원들이 시술실 앞으로 몰려왔다. 그러다가 나와 여인이 깔깔대며 웃는 소리를 듣고 모두가 안심하고 흩어졌다. 여인은 우스갯소리도 잘하고 어찌나 총명한지 열 살 때 소학교에서 배운 동요를 내게 불러주기도 한다.

"밥을 먹기 싫은데 탕수육이나 울면 시켜 먹어도 되나?"

"입에 당기면 드셔. 소화만 잘 시킬 수 있으면 다 괜찮아요."

내가 마음에 꼭 드는 대답을 해줬는지 여인이 손뼉까지 치며 좋아했다.

"그렇지! 밥을 80년 넘게 먹었더니 질려 죽겠어. 난 맨날 과자랑 피자 같은 거 먹고 싶은데 몸에 안 좋을까봐."

"먹기 싫어 굶어죽는 거보다 배 터져 죽자고요."

"그래그래, 그게 정답이여! 우리 봉사님은 어떻게 내가 듣고 싶은 얘기만 해준대."

한번은 여인이 짊어지고 다니는 가방 속을 보여준 적이 있었다. 휴대전화, 핫팩, 손수건과 물티슈, 상비약인 물과 청심환, 집주소와 자식들의 연락처가 적힌 수첩, 돋보기, 동전파스와 연고들……. 내가 뭣 하러 이렇게 한 짐을 지고 다니냐고 물었더니 여인이 이중 한 가지라도 빠지면 집 밖으로 한 걸음도 못 나온다며 자신의 병을 고백했다.

"봉사님을 만나러 여기까지 15분 걸어오는 게 나한테는 마치 150분 같아요. 옆에 사람이 없으면 집 앞 분리수거장도 못 갔었는데, 여기 다니면서 슈퍼도 혼자 가고 만둣집에서 만두도 사다 먹는다니까요. 아 참! 고기만두 먹어도 되나?"

나는 입에만 맞는다면 고민하지 말고 사다 잡수시라고 부추겼다. 그러자 여인이 다시 깔깔깔 소녀처럼 웃으셨다.

여인의 목표는 내년 어버이날 효도 관광을 따라가는 것이다. 나는 마사지를 해드리며 목청 높여 내가 그동안 다녀왔던 여행 이야기를 해드렸다.

"우리 봉사님은 앞도 못 보는데 혼자서 비행기도 잘 타고 다니시네. 아이고, 가서 일 나면 어쩌려고 말도 안 통하는 나라를 갔대?"

나는 그녀에게 힘을 내라고 응원하고 싶었다. 여인은 내 이야기를 신이 나 들었다. 그리고 본인이 가장 빛났던 시절을 이야기했다.

"나 스물여덟에 운전면허를 땄지. 그땐 자동차도 없던 시절이었는데 나는 운전이 그렇게 하고 싶더라고. 우리 아저씨보다도 먼저 면허를 땄더니 바로 자동차를 사주더라. 아마 서울 시내에서 여자가 차를 몰고 다녔던 건 다섯 손가락에 꼽았을걸! 내가 그렇게 용기 있던 사람이었는데……."

여인의 회한이 내게 무겁게 다가왔다. 시술의 마무리는 간단한 스트레칭이다. 나는 여인의 팔과 등의 근육을 늘리며 주문을 걸어준다.

"담아, 커져라! 내년에 관광 좀 가보자!"

그러면 여인이 응답한다.

"어여차! 기운받았다."

일요일 아침 나는 내게로 걸어오는 씩씩한 발걸음소리를 기다린다.

노루를 사랑한
아저씨

아저씨의 재혼 소식을 들은 것은 오랜만에 만난 동기 언니에게서였다. 그는 환갑이 다 돼서 올리는 예식이 부끄러웠는지 몇몇 친지만 모아 밥 한끼 먹는 것으로 예식을 대신했다고 했다. 언니는 그곳에 초대받아 다녀왔다고 말했다.

나는 아저씨에게 서운해 곧바로 전화를 걸었다. 그는 멋쩍게 웃으며 두 번이나 내게 축의금을 받아먹었는데 세 번은 양심상 연락할 수 없었다고 핑계를 댔다. 나는 이번에는 좀 끝까지 살아보라고 놀려댔다. 아저씨는 뭐든 삼세판이니 이번이 세 번째, 마지막 결혼이라고 장담했다. 연락하는 동기들의 소식을 서로 전하며 다음에 한번 만나자는 인사말로 전화를 끊었다.

옆에서 통화를 듣고 있던 언니가 한숨을 폭 하고 내쉬며 아저씨를 걱정했다.

"키만 멀대같이 크지, 허술한 사람이라 어떨지……."

나도 걱정이 됐다. 나이만 먹었을 뿐 아저씨는 아직도 순진한 시골 총각에서 성장하지 못했다. 사람은 좋으나 실속 없는 사내, 그게 아저씨였다.

아저씨와의 인연은 장애인학교 시절로 거슬러 올라간다. 나는 일반 중학교에 다니다 시각장애인 고등학교로 입학했고 아저씨는 서른다섯까지 집에 있다 뒤늦게 장애인학교에 입학해 중학교 검정고시를 보고 고등부에 입학했다.

그와 나는 같은 반 동기였다. 우리 둘 다 깡촌 출신으로 기숙사 생활을 하다 방학이면 농사일을 도우러 집에 내려가야 했고, 비슷한 가난뱅이였다. 형편도 잔존 시력도 비슷했다. 아저씨와 나는 열아홉 살 차이인데도 대화가 잘 통했다. 그는 저시력으로 태어나 시골에 살며 겪었던 고초를 자주 이야기했다. 교과서가 보이지 않아 초등학교만 겨우 졸업한 사정, 부모가 방구석에서 놀지 말고 나가서 논둑을 깎아라 밭을 매라 혼을 내 들로 산으로 뛰어다녀야 했던 일들을 마치 즐거운 추억처럼 이야기했다. 나는 아저씨를 이해하지 못했다. 그의 이야기에는 원망이나 설움이 전혀 없었기 때문이다.

"실컷 논둑의 풀을 깎았는데, 알고 보니 우리 논이 아닌 거 있지! 예초기에 뭐가 걸린 거 같아서 엎드려 코를 대고 들여다보니 살모사와 눈이 마주치기도 했어! 길인 줄 알고 자전거를 타고 가다 하천 제방으로 떨어져서 물에 빠진 적도 있었어. 근데 아픈 건 둘째 치고 누가 봤을까봐, 너무 창피해서 순간 벌떡 일어나 주위를 막 둘러봤지!"

나는 깔깔 웃었지만 마음은 슬펐다.

학교 시험이 끝난 날, 기분좋게 반 회식을 하고 기숙사에 들어왔다. 기숙사는 크기별로 둘 또는 셋이 방을 함께 썼는데 내 방에는 초등학생 둘이 배정되었다. 아이들은 각각 열세 살, 열두 살로 둘 다 집이 멀어 평일에는 기숙사 생활을 하다 주말이면 집에 갔다. 두 아이 모두 선천적 전맹으로 내게는 안쓰럽고 귀여운 존재였다. 그런데 그날은 내가 방에 들어가자 다른 반 아이들까지 모여 한창 토론중이었다. 가만히 들어보니 어처구니없는 이야기로 설왕설래하고 있는 게 아닌가.

여자기숙사는 학교 옆에 있지만 남자기숙사는 생활관을 지나 운동장 반대편에 있었다. 아이들의 말에 따르면 남자기숙사에 아침마다 노루가 나타난다는 것이다. 나는 귀를 의심했다. 노루라니? 학교는 비록 환경이 낙후되었지만 대도시 한가운데에 있다. 근처에 산이나 농토가 전혀 없는 곳에 노루가 출현할

리 없었다. 아이들은 노루가 있다, 말이 안 된다, 둘로 나뉘어 투닥거렸다. 아이들은 내게 판단을 내려달라고 했다.

나는 어느 한쪽의 편을 들어주기 힘들었다. 노루가 있을 수도 있고, 없을 수도 있다는 애매한 말로 상황을 마무리하려 했다. 그러나 아이들의 집념은 내 생각보다 대단했다. 꼬맹이들은 다음날 아침 노루를 잡으러 갈 계획을 짜기 시작했다. 나는 노루가 너희를 잡겠다며 한소리 거들었다. 그러자 한 아이가 내게 물었다.

"언니, 근데 노루가 뭐예요?"

아이들은 노루가 뭔지조차 몰랐다. 나는 사슴의 사촌이라고 말해주었다.

"사슴? 그건 어떻게 생겼어?"

아이들이 속닥거렸다.

"몰라. 나는 만져본 적이 없어." "나도."

선천적 전맹인 아이들은 물체를 손으로 만져보지 못하면 그 형상을 인지하지 못한다.

"언니, 언니는 사슴이 어떻게 생긴 건지 알아요?"

"너 썰매 끄는 루돌프는 알아?"

"나 루돌프 인형은 만져봤는데."

그 애는 자신이 만져본 인형의 모양을 설명했다. 나는 아이들의 등에나 사슴 모양을 그려주었다. 그 딕에 아이들은 기필

코 노루를 잡아 만져보겠다고 각오를 다졌다.

아침 6시, 예배가 시작되었다. 우리 학교는 미션 스쿨이라 예배가 있었다. 일찍 일어나 노루를 잡겠노라 장담했던 꼬맹이들은 역시나 아무리 흔들어 깨워도 눈을 뜨지 못했다. 간신히 세수만 시켜 예배실로 데려갔다. 아침 예배는 남자기숙사의 사감이자 목사인 윤이 인도했다.

윤은 40대 초반의 사내로 말쑥하고 의욕이 넘쳤다. 그의 찬송과 설교는 역동적이면서 극적 요소가 강해 인기가 있었다. 그는 은근히 자신의 재력을 과시했고 가정에서 자신이 얼마나 자상한 아버지인지를 강조했다. 여자기숙사 보모들은 그를 매우 좋아했다. 반면 학생들에게는 인기가 없었다.

보모들은 이삼십 대 미혼 여성들이 대다수였다. 그들은 아이들이 등교하면 윤의 방에 모여들거나 그와 함께 배드민턴을 쳤다. 나는 쉬는 시간에 교실 창으로 윤이 여자들에게 둘러싸여 배드민턴을 치는 광경을 자주 목격했다.

교실에 갔더니 아저씨가 와 있었다. 아저씨는 동급생 중 가장 먼저 등교했다. 책상을 정리하고 아침마다 손걸레질을 해댔다. 나는 책상에 가방을 던져놓으며 '남자기숙사의 노루'가 뭐냐고 물었다. 아저씨는 매우 당황하며 어디서 그런 소리를 들었냐고 물었다. 나는 초등학생 꼬맹이들이 동급생 남자아이들에게 듣고 와서 얘기하더라고 말했고, 아저씨는 난감하다는 듯 아이쿠 소리를 내며 의자에 주저앉았다. 내가 아이들이 노루 사냥을 꿈꾸고 있다고도 전하자 곧 어쩔 수 없다는 듯 사건의 전말을 털어놨다.

"윤 목사 방에 새벽이면 여자가 찾아와. 그리고 거시기한 일이 벌어져. 벽은 얇고 방문은 나무 합판이잖아. 여자의 교성이 복도에 쟁쟁해. 어린애들이 이게 무슨 소리냐고 묻지 뭐야. 그래서 할 수 없이 길 잃은 노루가 기숙사에 들어왔나보다 하고 핑계를 댔는데, 일이 이렇게 돼버렸네."

나는 기가 막혀 어떤 말도 할 수 없었다. 아저씨는 이왕 이렇게 된 거 몽땅 털어놓기로 했는지 말을 이었다.

"그런데 노루가 한 마리가 아니야! 대담해졌는지 이제는 아침에만 나타나는 게 아니라 밤낮 가리지 않고 노루가 출몰해. 초등학교 애들이며 사춘기 남자애들한테 둘러대는 것도 한두 번이지 정말 난감하다."

곧이어 등교한 언니 오빠들과 머리를 맞대고 고민하다 결국 내가 양호선생님을 모셔왔다. 내막을 들은 선생님은 불같이 화를 내며 기숙사를 뒤집어놨다. 그 결과 윤은 징계위원회에 회부되었다. 그 과정에서 속속 그의 비리가 튀어나왔다. 그는 고아들의 후원금을 착복했고 중복 장애가 있던 학생을 폭행한 적도 있었다. 그가 해고당하자 자연히 노루들도 박멸되었다.

사건이 일단락된 후 나는 아저씨에게 윤이 부러웠냐고 짓궂은 농담을 했다. 아저씨는 조금은 그렇다고 말했다. 나는 장난삼아 첫사랑 얘기를 좀 해보라 말했다. 대화를 듣고 있던 동기 언니 오빠들도 어서 해보라고 부추겼다. 그러자 아저씨는 정말 자신의 첫사랑 이야기를 시작했다.

그는 스무 살까지 여자 손목 한번 못 잡아본 숙맥이었다. 그런 그의 첫사랑 상대는 무려 읍내의 다방 아가씨였다. 논까지 배달을 온 그녀가 한창 일하고 있던 아저씨에게 커피를 건네주었고, 서로의 손이 닿는 그 순간 아저씨는 벼락을 맞은 것처럼 사랑에 빠졌다고 한다. 여인은 아저씨보다 열 살은 더 많았는데, 아저씨는 끝내 여인에게 말 한마디 걸어보지 못했다. 하지만 마음을 다잡고 가장 깨끗한 옷을 골라 입고 읍내로 향했다. 그러고는 한참 다방 앞을 서성이며 스스로 용기를 북돋웠다.

마침내 아저씨는 다방 문을 열고 들어갔다. 마침 그녀가 계산대 앞에 앉아 있었다. 그가 빈 소파에 앉으니 그녀가 주문을 받으러 왔다. 테이블에 물컵을 두 개 내려놓고 아저씨 옆에 바싹 붙어 앉았다. 그의 심장이 뚝 떨어졌다. 예상치 못한 전개에 아저씨가 얼어붙었다. 호기롭게 커피 한잔을 주문하려고 수백 번 속으로 연습해 왔지만 한번 얼어붙은 입이 도무지 열리지 않았다. 결국 그녀가 주방에 대고 "커피 두 잔!" 하고 소리쳤다.

여인은 담배를 꺼내 불을 붙였다. 그녀가 아저씨에게 이런

저런 말을 시켰다. 아저씨는 긴장해서 예, 예 하고 모자란 사람처럼 숫기 없이 대답만 반복했다. 그러다가 중요한 사실을 알아차렸다. 여인은 아저씨가 누군지 몰랐다. 일전에 논에서 커피를 따라주었던 사실조차 기억하지 못했다. 실망한 아저씨가 답답한 속을 달래려 물컵을 들어 한 모금 마셨다. 물이 혀에 닿는 순간 그는 난처하다 못해 참혹해졌다.

물에서 담뱃재 맛이 났다. 여인이 물컵을 재떨이용으로 썼던 것이다. 삼키지도 뱉지도 못하고 있는데 여인이 그 광경을 보고 깔깔깔 웃었다. 목부터 정수리까지 열 오르는 느낌이 생생했다. 아저씨는 물을 꿀꺽 삼키고 조용히 일어나 다방 문을 열고 나왔다.

"다방 앞에서는 아무렇지 않은 척 터벅터벅 걷다가 멀어지자 미친 듯이 뛰었어. 어찌나 쪽팔리던지! 그러다 턱을 못 봐서 걸려 넘어졌지. 또 창피해서 벌떡 일어나 안 아픈 척하고. 뒷산에 올라가 얼마나 울었는지……."

나는 어떻게 첫사랑이 '오봉순이'일 수 있냐며 웃고 놀려댔지만 속으로는 아저씨의 첫사랑이 슬펐다.

졸업과 동시에 동기들은 일자리를 찾아 전국으로 흩어졌다. 아저씨는 고향인 서산으로 내려갔다. 그로부터 3, 4년 만에 동기들이 모였다. 아저씨의 결혼식 때문이었다. 그는 아홉 살

많은 여인과 결혼했다. 여인은 비장애인으로 재혼이었다. 아저씨는 매우 행복해 보였다. 그런데 못 마시는 술을 한두 잔 받아 마시더니 금방 취해서는 작은아버지에게 사기당한 이야기를 꺼냈다.

아저씨는 밤낮 가리지 않고 부지런히 마사지해서 돈을 모았다. 집구석에 틀어박혀 천덕꾸러기 취급을 받던 그가 명절이면 고향집에다 돈을 턱턱 내놓으니, 좁은 시골 동네에 반푼이가 졸부가 되었다는 소문이 났다. 그랬더니 한동네 살았지만 평소에는 본척만척하던 작은아버지가 아저씨에게 뜬금없이 연락해 좋은 땅이 있다고 꼭 투자해야 한다고 꼬드겼다.

"나중에 펜션이나 지으려고 바다 바로 옆 땅을 샀는데, 이 땅이 갯벌 밭이네. 처음 가서 볼 때는 분명 땅이었는데 잔금 치르고 다시 가보니 바다가 돼버렸네. 아주 비싸게 속았지. 억울해 미치겠더라고. 내가 눈을 제대로 뜨고 있었다면 감히 내게 사기쳤겠어? 절대 안 당했겠지. 그때 결심했어. 반드시 보는 여자랑 살겠다고. 내가 못 보면 내 아내라도 내가 못 본 사실을 봐주겠지!"

그는 돈을 잃었다는 것보다 장애 때문에 사람에게 속았다는 사실이 더 분했다. 사람에게 불신이 생겨버린 아저씨는 경제권을 틀어잡고 아내에게 무엇도 맡기지 않았다. 결국 몇 해 살지 못하고 아내가 떠났다. 아저씨는 곧바로 재혼했다. 이번에도 열 살은 많은 비장애인이었다. 두번째 아내와는 10여 년을 함께 살았다. 그 아내와의 이혼 소식이 들려오고 얼마 되지 않아 술에 취한 아저씨가 내게 전화를 걸어와 혀 꼬부라진 소리로 너는 절대 결혼하지 말라고 당부했다. 아저씨는 인생 중 장애인학교 고등부에 다녔던 3년이 가장 행복하고 즐거웠던 것 같다고 말했다.

"그땐 꿈이 참 많았는데. 졸업만 하고 나면 세상에 나가 하고 싶었던 일 모두 하고 살 줄 알았는데, 현실은 그게 아니네."

나는 아저씨가 보지 못하는 것은 세상이 아니라 사람의 마음이라고 생각했다. 그의 두번째 아내는 그와 막역하게 지내던 친구와 바람이 났다. 다들 알고 있었다. 우리조차 몇 해 전부터 그 사실을 눈치채고 있었다. 모른 척 눈을 감고 외면했던 것은 아저씨뿐이었다.

아저씨의 우울함을 달래고 싶었다. 위로의 말을 찾다 학교 시절 이야기를 했다.

"아저씨, 우리 학교 다닐 때 노루 사건 기억나? 행정실에서 일하던 돌싱 노루, 아저씨가 짝사랑했었잖아!"

"어, 어, 네가 그걸 어떻게 알아?"

아저씨는 술이 번쩍 깼는지 당황해서 말을 더듬었다.

"그거 모르던 사람이 있는 줄 알아? 그때고 지금이고 왜 이렇게 인상을 좋아해?"

그와 나는 학교 시절 이야기를 하며 속없이 낄낄거렸다. 나는 아저씨가 자책에 빠져 누군가를 저주하며 인생을 낭비하지 않길 바랐다. 진정한 복수는 앙갚음도 용서도 아니다.

우리가 보모한테 모욕을 당한 일이 있었다. 새 학기에 여자 기숙사 보모로 발령받은 A씨. 그녀는 부임 첫날 우리들 앞에서 카랑카랑 목소리를 높였다. A씨는 지금 이 순간부터 자신이 새로운 규칙이라고 했다. 자신 앞에서는 장애인이라서 배려받을 생각을 하지 말 것. 학교 같지도 않은 학교에 다니면서 유세 떨지 말 것. 나이를 먹었어도 학생은 학생이니 관리자인 자신의 지시에 고분고분할 것. 무엇보다 자신을 귀찮게 만들지 말 것을 강조했다. A씨는 스물대여섯 살, 반면 학생 중 가장 나이 많은 언니가 마흔넷이었다.

"규칙을 똑바로 지키도록 하세요. 내 말이 이해는 되나요?"

비아냥이 수준급이었다. 모욕적인 언사에 화가 난 학생들이 덤벼들 참이었으나 언니들이 말리며 상황을 종료시켰다. 우리는 서로를 없는 사람 취급하며 무시했는데 얼마 후 윤의 노루 사건이 터졌다. 그녀도 윤의 노루 중 한 마리였다. 징계위원회에 불려간 노루들이 회의실 앞에서 처분을 기다리고 있었다. 나와 언니들은 구경을 갔다.

"노루가 대체 몇 마리야!"

한 언니가 제대로 빈정거렸다. 여자들 틈에서 고개를 숙이고 있던 A씨와 눈이 마주쳤다. 나는 입가를 끌어올리며 한껏 비웃었다. 그녀는 우리에게 말로 모욕을 주었지만 나는 소리 없는 모욕으로 복수했다. 노루 사건에 연루된 A씨는 중복 장애아 기숙사로 좌천됐다. 간혹 공용 시설에서 A씨와 마주쳤다. 나는 일부러라도 빤히 그녀를 바라보고 몇 번이나 입술을 비틀어 올렸다. 다분히 모멸과 수치심을 주려는 의도였고 그녀는 내 의도보다 더 괴로워했다. 마주칠 때마다 피폐해지는 것이 확연히 느껴지자 더이상 괴롭히고 싶은 생각이 들지 않았다. 언제부터는 그녀가 안쓰러워졌고, 그녀가 사표를 냈다는 이야기를 들었을 때는 동정하는 마음까지 들었다.

진정한 복수는 모욕을 주는 것도 용서를 하는 것도 아니었다. 상대를 동정하는 것이라는 걸 그때 알았다.

아저씨는 잊을 만하면 전화를 걸어와 내 생사를 확인했다. 세번째 아내와 잘 지내는 것 같아 다행스러웠다. 나는 아저씨에게 농담했다.

"이번에 헤어지면 다음 색시는 노인요양원에서 찾아야 해! 알고 있지?"

이번 아내도 연상이란다. 그는 취향을 고집하며 살아가고 있다. 그는 통화할 때마다 마지막 당부로 내게 결혼하지 말라

다짐받는다. 내가 어떤 상처도 받지 않길 바라는 그의 마음을
알기에 나는 절대 결혼하지 않겠다고 약속하고 전화를 끊는다.

숙희씨, 호랑이
그리고 물고기들

숙희씨를 처음 만난 순간 내 머릿속에 '조제'가 떠올랐다. 그녀는 '조제가 나이를 먹었다면 이런 중년이 되었겠지' 할 정도로 내 상상 속 조제와 흡사했다.

조제는 일본 작가 다나베 세이코의 『조제와 호랑이와 물고기들』이라는 소설의 여주인공이다. 이 소설은 〈조제, 호랑이 그리고 물고기들〉이라는 제목의 영화로도 제작되었는데 나는 소설보다 영화를 더 좋아한다. 소설을 한마디로 말하면 장애인 여주인공과 비장애인 남주인공 간의 사랑 이야기라고 할 수 있다. 그러나 나는 이 소설이 단순한 러브스토리라 생각하지 않는다. 개인적인 느낌일 수 있겠지만 사랑보다는 '성장'에 더 큰 의미를 두고 있다고 보았다.

소설과 영화의 차이는 결말에서 갈린다. 소설은 불안함을 안고 두 사람이 함께 살아가는 것을 선택했다면 영화는 이별로 끝이 난다. 나는 여주인공 조제가 이별 후 전동 휠체어를 타고 시장에서 장을 보고, 식사 준비로 생선을 굽는 장면에 감동받았다. 그렇게 그녀는 자기 삶을 꿋꿋이 살아가는 것이다. 장애를 가진 내가 바라볼 때 현실성 있는 결말이라 생각했다.

숙희씨는 조제의 꿋꿋한 의지를 닮았다. 작은 체구지만 용광로 같은 열정이 그녀에게는 있다. 단순히 숙희씨가 휠체어를 타는 장애가 있기 때문에 조제와 그녀를 오버랩한 것은 아니었다. 대화를 나눠보니 그녀는 영락없는 조제였다.

숙희씨는 매주 수요일 오후 4시에 내게 마사지를 받으러 왔다. 60년간 목발을 짚었던 어깨는 완전히 망가져 있었다. 뼈는 변형됐고, 목발을 받쳐야 했던 근육은 금방이라도 끊어질 듯 가느다랗고 팽팽히 당겨져 있었다. 마사지를 받는 동안 그녀는 이를 앙다물고 통증을 참았다. 식은땀을 줄줄 흘리면서도 작은 신음 하나 내지 않을 정도로 그녀는 인내하는 데 익숙한 사람이었다.

88년도에 공무원이 되어 공직생활을 시작했던 그녀는 사회통념상 휠체어를 타고 출퇴근할 수가 없었다. 도로 상황도 좋지 않았거니와 사람들의 인식 자체가 휠체어를 타면 중증 환자라 생각해 채용 자체를 하지 않으려 했다. 그녀는 이를 악물고 목발로 출퇴근을 했다. 그럼에도 '장애인'이라는 꼬리표는 그녀를 움츠리게 했다. 공무원 집단은 보수적이면서도 냉정했다. 모멸감과 멸시로 그만두고 싶었던 순간이 한두 번이 아니었다. 장애인이라 업무가 미흡하다는 소리를 들을까 두 배 세 배로 자료를 찾고 실수 없이 일을 처리하려 애썼다. 그렇게 버텨내고 정년을 맞았다.

"나는 내 어깨와 두 팔이 기특해요. 여태껏 두 다리의 역할까지 도맡아냈잖아요. 고장날 때가 이미 지났는데 통증이 없으면 내 욕심이죠."

그녀가 껄껄 웃으며 말했다.

숙희씨는 조제의 주체성을 닮았다. 사실 그녀는 본인처럼 다리를 못 쓰는 사람을 위한 옷을 만들고 싶어서 대학에서 의상 디자인을 전공했다. 성적도 우수했다. 그러나 취업 문턱에서 항상 좌절을 맛보았다. 그녀는 현실을 냉철히 판단했고, 공무원 시험을 준비해 이듬해 합격했다. 그렇다 해서 꿈을 포기한 것은 아니었다. 그녀는 바느질을 놓지 않았다. 어깨 통증 때문에 진통제를 달고 살았지만 시간만 있으면 재봉을 계속했다.

그녀에게는 남자주인공인 '쓰네오'와 같은 반려자가 있다. 그는 숙희씨가 어딜 가든 동행해준다. 아직도 사랑하냐고 묻자 숙희씨는 끔찍한 소리를 들은 사람처럼 몸서리를 치고, 소름 돋은 팔을 문지르는 시늉을 하면서 사랑은 이만 년 전에 모두 얼어죽었다고 너스레를 떨었다. 그러면서 덧붙였다.

"어려서부터 나는 첼로를 배워보고 싶었어요. 하지만 책가방도 혼자 들지 못해 동생이 대신 들어다주는 상황에서 첼로는 가당치 않은 욕심이었죠. 퇴직하고 남편에게 그 얘기를 했더니 가방은 얼마든지 들어다줄 테니 하고 싶으면 해보라 하더라고요."

숙희씨와 그녀의 쓰네오는 단단한 신뢰로 묶인 동반자다. 두 분이 눈을 맞추며 이야기를 나눌 때면 나는 뭔지는 모르지만 안정된 평온을 느낀다.

숙희씨와 나는 서로를 응원하는 팬이다. 우리 사이에는 장애인이기 때문에 이해할 수 있는 공감대가 있다. 꽁꽁 싸매놨던 고독한 감정들을 그녀 앞에서는 내려놓을 수가 있다.

"나는 다음 세상에 태어나면 물고기가 될 거예요. 물속에서라면 나는 장애인이 아니에요. 물에 들어가면 통제할 수 없었던 몸을 내 맘대로 움직일 수 있어요. 사지를 마음대로 움직일 수 있다는 게 얼마나 경이로운지 몰라요. 멀쩡한 사람들은 이

감정을 이해하지 못하겠죠."

그녀는 30대부터 수영 선수로 활동했다. 한강을 횡단한 경험도 있다. 내 반밖에 되지 않는 몸으로 그녀는 내 앞에 거대하게 서 있다.

나의 조제, 숙희씨는 소설보다 더 치열하게 살았고, 영화보다 더 뜨겁게 사랑했으며, 아직도 성장하고 있다. 나는 숙희씨를 마사지할 때마다 깊은 바닷속 물고기들 사이를 힘차게 헤엄쳐나가는 한 여자를 상상한다.

무국적 만두

"바쁘네?"

언니는 '여보세요' 대신 늘 바쁘냐고 먼저 물어왔다. 나는 무슨 일이냐고 용건부터 물었다.

"오랜만에 만터우랑 바오쯔 좀 만들었으니까, 퇴근길에 꼭 들러라."

언니는 내 대답도 듣기 전에 전화를 끊어버렸다. 멍하니 전화를 귀에 대고 있다가 허탈하게 웃었다. 내 잔소리를 듣기 싫다는 표시였다. 우리는 닮은 사람이다. 굳이 말로 하지 않아도 상대가 어떤 생각인지 알 수 있었다.

며칠 전 언니가 느닷없이 전화를 걸어 더운데 입맛 없지 않느냐고 물을 때부터 눈치를 챘다. 만터우(饅头)는 속이 없는 중국식 호빵이고, 바오쯔(包子)는 만터우에 속을 넣은 호빵이다. 나는 삼복더위에 무슨 찜솥을 꺼내려 하느냐고 아무것도 하지 말라 다그쳤다. 언니는 혼잣말로 내 대답 따위는 필요 없다는 듯 말했다.

"넌 입맛이 중국 애 같아서 만터우 잘 먹지? 김치도 잔뜩 있겠다, 돼지고기 다져 넣고 오랜만에 바오쯔도 좀 해줘야겠다."

나는 황급히 거절하려 했지만 언니는 자기 할 말만 했고 어느새 전화는 끊어졌다.

언니와의 인연은 고등학교 시절로 거슬러 올라간다. 우리는 장애인학교의 동급생이었다. 당시 나는 열여덟이었고 언니는 마흔이었다. 나는 정규 고등학교 과정을 밟고 있었고 언니는 직업 교육을 받았는데, 직업 교육은 2년 과정으로 정규 고등 과정과 직업 훈련 수업은 합동으로 이뤄졌다.

언니는 상냥한 사람이었다. 뒤늦게 실명한 늦깎이 학생들을 챙겨주고 어린 동생들을 예뻐해주었다. 본인도 한쪽 눈만 시력이 겨우 남아 있어 크게 확대한 글씨만 볼 수 있음에도 자신은 그나마 볼 수 있다며 전맹들을 둘씩 셋씩 안내하거나 심부름을 도맡아 했다.

중국에서 대학을 나와 약사로 근무했다는 언니는 정치적

이유로 한국에 도피하듯 시집을 와야 했다. 형부는 가난한 농사꾼이었다. 맏아들로 평생 동생들 뒷바라지하느라 초등학교도 제대로 졸업하지 못한 사람이었다. 언니는 시집와 시어머니를 봉양하고 일자무식 남편에게 한글을 가르쳤다. 중국에서 태어나 중국 학교에 다녔던 언니가 말이다. 그녀는 재중 교포였지만 조선시대 며느리처럼 살았다.

학교를 졸업하고 언니는 서울로, 나는 천안으로 취업을 나갔다. 10여 년이 눈 깜박할 사이에 흘러갔다. 우리는 가끔 통화만 하며 안부를 물었을 뿐 재회할 기회가 좀처럼 없었다. 그러다가 내가 서울로 상경하게 되었다. 나는 무턱대고 언니에게 전화를 걸어 서울로 거주지를 옮겨야겠으니 집을 얻어놓으라고 했다. 언니는 두말없이 내가 원하는 조건의 집을 구해놓았다. 서울에 올라와 계약을 하고, 한 달 뒤 짐을 싸서 이사했다. 번갯불에 콩 구워 먹듯 서울 생활이 시작됐다. 10여 년 만의 재회. 언니는 이제 모든 시력이 사라져버린 내 앞에서 눈시울을 붉혔다. 나는 풀썩 늙어버린 언니가 안타까워 울음을 삼켰다.

"내 옆에 왔으니 내가 이제 네 에미다."

언니는 느닷없이 전화를 걸어 집 앞에 반찬이나 김치를 가져다놨으니 들여가라고 말하고는 전화를 끊어버렸다. 고맙다 인사할 겨를도 없이 말이다. 이틀쯤 지나 언니에게 잘 먹고 있다고 전화하면 언니는 깔깔깔 웃으며 유튜브 보고 처음 해본 건데 입에 맞냐며 즐거워했다. 나는 고맙다는 인사 대신 농담을 건넸다.

"이거 '언니네 국산'으로 만든 거 아니지?"

언니는 한참 내 말이 뜻하는 바를 되새기더니 버럭 소리를 질렀다.

"나도 중국산 안 먹는다. 고춧가루고, 깨고 몽땅 시댁에서 농사지은 거다, 이 의심 많은 되놈아!"

언니는 내가 '빤스를 석 장은 뒤집어 입은 중국 놈'처럼 의심이 많다고 했다. 그에 비하면 순진하기 이를 데 없는 언니는 사람을 잘 믿어 상처받는 일이 많았다. 무엇보다 시각장애인 사회에서도 언니는 조선족이라는 이유로 배척을 당하는 일이 종종 있었다.

"그거 아네? 네가 서울로 오기 전까지 나는 들판에 홀로 서 있는 기분이었다. 근데 지금은 내가 누구한테 당할까봐 네가 눈에 불을 켜고 지켜 앉았으니 얼마나 힘이 되는지 아네?"

의지하는 쪽은 나라고 생각했는데 언니는 항상 내게 내 존재 자체가 큰 의미라고 말해주었다.

"월요일에 뭐 하네? 내 가만히 생각하다보니까 나 죽으면 누가 네 중국 음식 해주겠나? 월요일에 건너와 바오쯔 만드는 거 배워라."

내가 보고 싶은 모양이었다. 나는 차를 불러 언니 집으로 향했다. 아파트 주차장에 도착하니 언니는 언제부터 나와 있었는지 "우리 돼지새끼 왔다"며 내 팔짱을 꼈다. 반대쪽 손에는 이미 짐이 한가득했다. 들고 있던 비닐봉지를 빼앗아 들며 내용물을 살폈다.

"삼겹살이랑 소고기가 좋더라. 그것도 좀 사고, 너 고수 좋아하제? 가져가라고 한 다발 샀다. 우리 돼지새끼 오늘 잔뜩 먹여서 배 뚜들기는 것 좀 보자!"

아무래도 단단히 준비한 모양이었다. 나는 속으로 넉넉한 고무줄 바지를 입고 와서 다행이라 생각했다. 순식간에 내 앞에 술상이 차려졌다. 나는 차가운 맥주를 유리잔에 따라 과장된 소리를 내며 마셨다. 언니는 분주하게 뛰어다니며 고기를 굽고 채소를 씻어 상으로 옮겼다. 나는 입으로만 도울 것이 없냐고 물었다. 언니는 앉아서 지휘나 하라고 말했다.

"요리 가르쳐준다며?"

"그래, 넌 앉아서 귀로 들으면 된다. 넌 박사님이라 말로 해도 나중에 다 알아서 할 수 있다. 자, 아 하래!"

입으로 노릇하게 익은 삼겹살 한 점이 들어왔다. 손으로 고수를 한 줌 집어 입속에 넣었다.

"맛있네."

내가 고개를 끄덕이자 언니가 깔깔깔 웃었다.

"넌 중국 애다. 하는 짓이며 식성이며 꼭 그곳에서 온 애 같다. 자, 또 아 하래!"

이번에는 토마토달걀국이었다.

"나도 손 있는데 내가 집어먹으면 안 될까?"

"알았다, 알았다. 고기 먹고 만터우랑 바오쯔 쪄줄게. 반죽은 아까 해놨다."

언니는 또 동에 번쩍 서에 번쩍 뛰어다니며 무언가를 준비하더니 믹싱 볼을 가져왔다. 피를 만들 반죽이었다.

"물은 한 방울도 넣지 않고 이스트랑 우유, 유기농 밀가루만 넣어 만든 거래. 밀가루는 생협에서 사왔다. 중국산 아니다, 의심 말래! 상온에 3시간 둔 건데 이렇게 부풀었다."

믹싱 볼을 들었다가 바닥에 내려놓았다. 확인했다는 표현이었다. 고기 한 점을 집어먹고 맥주로 입을 가셨다. 나는 언니에게 우리가 함께 학교에 다니던 시절 이야기를 했다.

"그때, 언니 우리 진짜 거지였는데 어린이날이라고 언니가나 불러서 피자 사 먹였던 거 기억나? 그때 물만두도 만들어줬었는데."

"내가? 난 기억 안 난다. 학교 다닐 때 박사가 우리 학교 해결사였던 건 기억하지! 그 나쁜 간나 누구였지? 우리 아래 학년에 하마같이 시커메서 남산만했던, 그 간나가 나한테 중국 걸레라고 사람들한테 욕하고 다녀서 내가 얼마나 치욕스러웠는지. 나이 먹고 한참 어린 거랑 드잡이질 할 수도 없고 속상해 하고 있는데 네가 대신 화를 내며 그 기집애 가만 안 둬둔다고 이를 갈았지! 그리고 한 달 있다 그 간나가 잘못했다고 두 손을 싹싹 빌대. 승리 선배한테 나 벌 청소 좀 그만 시키라 말해달라고. 얼마나 애걸복걸하던지!"

이번에는 내 쪽에서 전혀 기억이 나지 않았다.

"너 그 간나 괴롭혔던 거 기억나네?"

"언니, 원래 가해자는 아무것도 기억 못해. 그래서 난 유명한 사람이 안 될 거야. 나한테서 비리가 얼마나 튀어나올지 조마조마하다."

"아니다. 넌 의리 있는 사람이다."

언니의 무한한 애정에 얼굴이 붉어졌다. 민망한 마음을 감추려 괜히 엉뚱한 소리를 내뱉었다.

"고향으로 돌아가고 싶지 않아?"

"고향? 그게 무슨 소용이 있네. 여서 살면 여기가 고향이지! 내 입장에서는 똑같다."

얼마 전 언니는 일터에서 수모를 당했다. 동료 시각장애인들이 언니 면전에다 중국사람 흉을 보기 시작했다. 언니를 향한 적의였다. 속상한 마음에 언니가 내게 전화로 속사정을 털어놓았다. 분개한 나는 그이들을 가만두지 않겠다고 소리를 질러댔다.

"박사야! 나는 이곳에서도 그곳에서도 이방인이다. 내 아버지는 공부를 많이 하신 분이었어. 근데 조선족이라는 이유로 높은 자리에서 늘 미끄러지셨지. 내 오빠도 운동도 잘하고 공부도 잘했어. 근데 공군 시험을 보면 늘 낙방이 돼버리는 거야! 항의하면 너희는 진짜 중국인이 아니고 조선 사람이잖아 하고 차별을 당했어. 한국에서는 또 우리 보고 중국인이래. 이래저래 우리는 이방인이야. 어디서나 이방인 취급을 받고 살아야 하는 거야!"

그날 자신을 이방인이라 말하던 언니 목소리가 황량한 들판에 홀로 선 허수아비처럼 고독하게 느껴졌다.

당 당 당, 돼지고기를 다지는 언니에게 내가 말했다.

"정육점에 갈아놓은 돼지고기 판다. 왜 신세를 들볶아!"

"그럼 맛이 없다. 금방 한다, 금방 해!"

도마 위에서 말린 목이버섯, 신김치, 당면이 차례차례 다져지고 만두 속이 버무려졌다. 언니는 자신이 일하는 과정을 내게 말로 설명한다. 도울 게 없냐고 다가가면 언니가 끌어다 자리에 앉히고 맥주가 가득한 유리잔을 손에 쥐어준다.

"너 그거 생각나네? 학교 다닐 때 네가 안마원에서 아르바이트 갔다가 초콜릿을 받아왔는데 우리 딸 갖다주라고 나한테 줬잖아. 난 그걸 날름 받아다 내 새끼 가져다줬는데 집에 와 곰

곰이 생각하니 내가 너무 철딱서니가 없던 거 있지. 너도 열아홉 어린애였는데 내 새끼 준다고 그걸 받아왔으니! 한편으로는 창피하고 또 한편으로는 네가 그리 안됐더라! 난 네가 애 어른인 게 싫다."

나도 언니도 한동안 침묵했다. 그러나 수많은 이야기를 나눈 것처럼 서로의 마음이 들려왔다. 우리는 연민으로 연결된 모녀지간이다.

찜솥이 덜그럭덜그럭 끓으며 김을 뱉어냈다.

첫 솥은 새하얀 만터우였다. 깨와 흑설탕을 섞은 소를 넣어 쪄내기도 하지만 나는 아무것도 들어 있지 않은 것을 좋아했다. 내 주먹만한 만터우를 하나 들어 맛을 보았다.

"음, 이 맛이지! 언니, 우리 그냥 마사지 때려치우고 만둣집이나 낼까?"

"맛있네?"

내가 크게 고개를 끄덕이며 남은 만터우를 한입에 넣자 언니가 깔깔깔 웃었다. 그러고는 곧이어 내 손에 방금 빚은 바오쯔를 하나 얹어주었다. 아기 주먹만한 크기에 주름을 잡아 꽃모양을 만들었다.

"나도 만들어보자!"

"아니다. 박사는 감독이나 하면 된다."

언니가 내 손에서 바오쯔를 빼앗아갔다. 콧노래를 흥얼거리며 만두를 빚는 언니의 등에다 물었다.

"언니는 후회 같은 거 없어?"

"있었지! 근데 지금은 없어. 일이 벌어졌는데 후회는 해서 뭐 하겠네. 모두 내가 선택한 건데. 난 고맙게 생각하기로 했다. 한국에 올 수 있었던 것도, 눈 먼 마누라 안 버리고 살아주는 남편도, 돌아가신 시어머니도 다 고맙다."

문득 언니가 많이 늙었구나 싶었다. 형부의 벌이가 시원치 않아, 언니는 마사지 교육을 받고 취업해 밤낮 가리지 않고 일을 했다. 시어머니뿐만 아니라 친정어머니와 아픈 오빠까지 봉양하고 언니 손으로 상을 치렀다. 내년이면 언니도 환갑이다.

"내 눈에 박사, 너는 늘 열여덟으로 보인다. 어린데도 돈 벌어 집에 빚 갚아줘야 한다고 동동거리던, 우리 학교 아이들이 근처 초등학교 아이들에게 맞고 오면 빗자루 들고 황소처럼 뛰어나가던 어른 같던 아이. 난 네가 나한테는 어리광도 피우고 떼도 썼으면 좋겠다."

무어라 대답할 수가 없었다. 입을 열면 눈물 스위치가 툭 하고 켜질 것만 같아 객쩍은 농담도 할 수가 없었다. 바오쯔가 다 쪄졌는지 언니가 뚜껑을 열어 김을 날렸다. 찜솥에서 바오쯔를 꺼낸 언니가 입으로 호호 불어 식힌 뒤 내게 가져왔다. 나는 뜨거운 바오쯔를 한입 크게 베어 물었다.

"뜨겁다, 식혀서 천천히 먹어라!"

결국 눈물 한 줄기가 주르르 흘렀다.

"뱉어라, 뱉어! 울 정도로 그렇게 뜨겁네?"

언니가 내 입 앞에 손을 가져다댔다. 나는 고개를 흔들고 다시 한번 크게 베어 물었다. 소에서 나온 육즙이 입가로 흘렀다. 나는 손으로 입가를 훔쳐가며 맛있게 바오쯔를 먹었다.

"울 정도의 맛이네?"

나는 고개를 크게 끄덕이며 환히 웃어 보였다.

2부

위로의 방식

토요일 아침, 은사님이 보낸 메시지가 도착했다. 산사에 앉아 차를 한잔 마시다 내 생각이 나셨다고 했다. 3월에 힘든 일이 있었는데 수필 공모전에 내가 수상했다는 소식을 전해 듣고 매우 기뻤다는 내용이었다.

나는 은사님이 아직 슬픔의 그림자에서 빠져나오지 못하셨다는 것을 알았다. 위로를 하고 싶었다. 문자를 썼다 지우기를 반복하다가 내 이야기를 했다. 처음으로 죽기를 원했던 열두 살의 나를 꺼내 보였다. 당시 나는 큰 수술을 해야 했다.

"형편이 좀 펴지나 했더니 이런 일이 있구나!"

엄마의 한스러운 독백이 무서운 죄책감이 되어 내 어깨에 내려앉았다. 결국 엄마의 희망이었던 암소 두 마리가 내 병원비로 사라졌다. 은사님께는 어린 시절 큰 수술을 두 차례 했는데 엄마가 수술비 때문에 힘겨워해서 이대로 내가 죽었으면 좋겠다 생각했던 적이 있다고 이야기했다. 내가 누군가에게 위로를 건네는 방식은 내 상처를 드러내 보이며 함께 아파하는 것이었다.

메시지를 보낸 후 손을 소독하고 오늘의 첫손님을 맞이했다. 40대 여성으로 목과 어깨 경직으로 인한 손가락 저림 증상을 호소했다. 그녀는 내게 세 차례 시술을 받았다. 나는 머리부터 천천히 마사지를 시작했다. 시술에 집중해야 하는데 과거의 초상이 흘러나와 내 마음을 잠식해왔다.

재수술 선고를 받던 날, 엄마의 절망적인 표정이 눈앞을 맴돌았다. 당장 수술비가 문제였다. 친척들에게 전화를 걸어 아쉬운 소리를 해야 했던 엄마의 구깃구깃한 궁상을 모를 리 없었다. 수술 당일 나는 잠들지 않으면서도 눈을 감고 잠든 척해야 했다. 애써 씩씩하게 웃어 보이던 엄마 얼굴을 보면 눈물이 날 것만 같았다.

여섯 개의 침상이 놓인 병실은 항상 소란스러웠다. 예약된 수술 시간을 두어 시간 앞두고 누군가 병원의 소문을 주워왔다. 오늘 마침 사고로 세 사람이 죽었다는 흉흉한 이야기였다.

인구 20만 소도시의 작은 대학 병원이라 사소한 일도 금세 퍼져나갔다. 나는 숨을 죽이고 어른들의 이야기를 엿들었다. 그리고 시간이 되어 침상이 이동했다. 엄마는 내 손을 꼭 잡았다. 화장실을 다녀오겠다며 자리를 비우던 엄마는 어디서 울고 왔는지 얼굴이 형편없이 퉁퉁 부어 있었다. 나는 기도했다. 살려달라가 아니라 죽여달라고. 나도 마취 사고로 죽고 싶었다. 그러면 수술비를 내지 않아도 될 테니까…….

수술실은 좁고 황량했다. 내 위로 환한 불이 켜졌다. 손에 담배 냄새가 밴 젊은 의사가 내게 오랜만이라며 인사를 건넸다. 팔다리가 묶이고 호흡기가 씌워졌다. 그리고 나는 살았다. 살았기 때문에 나는 죄스러웠다. 너무 아프면 진통제를 놔주겠다는 간호사의 말에 고개만 끄덕일 뿐 이를 앙다물고 고통을 참았다. 주사 한 대가 모두 돈이라는 것을 알고 있었다.

식사가 나오면 적당히 먹고 수저를 내려놨다. 엄마는 내 환자 식만 주문하고 본인은 내가 남긴 반찬에 밥만 조금 얻어다 끼니를 때웠다. 나는 입맛이 없는 척 연기를 했다. 그러나 어른들의 눈을 속일 수 없었는지, 옆 침상의 아주머니는 종종 간식을 사다주셨다. 엄마도 내게 그러지 말라 타일렀다.

열두 살의 나는 빨리 어른이 되고 싶었다. 얼른 돈을 벌어 나 때문에 팔려간 암소를 되찾고 싶었다. 우리가 소작 부치고 있던 땅도 엄마에게 사주고 싶었다. 그게 나의 꿈이었으며 성치 못한 자식의 속죄였다.

중학교 때 장래희망을 발표할 일이 있었다. 나는 확고한 신념처럼 '경리'라고 적어 냈다. 담임선생님은 내 장래희망을 보고 한심한 눈초리로 너는 어떻게 꿈도 없냐고 쏘아붙였다. 꿈이 있었기에 그리 적어 낸 것임을 그녀는 알지 못했다.

시술을 마치고 스마트폰을 확인하니 은사님의 또다른 메시지가 도착해 있었다. 그녀는 책 한 권을 내게 추천했다. 퇴근해 은사님이 권한 도서를 읽기 시작했다. 장일호 작가의 『슬픔의 방문』. 은사님은 어떤 심정으로 이 책을 읽었던 걸까. 마지막 페이지를 읽고 나서 나는 은사님께 가장 힘들었던 그때를 이야기하고 싶어졌다.

스물세 살, 나는 결국 꿈을 이루었는데 가장 소중한 것을 잃었다. 엄마는 갑자기 쓰러져 열흘간 중환자실에 혼수상태로 누워 있다 돌아가셨다. 너무도 갑작스러운 이별이었다. 열흘간 중환자실 앞을 지키며 깨어 있는 모든 시간을 신께 기도했다. 부디 엄마를 살려달라고. 의사가 엄마의 머리맡에서 사망선고를 내릴 때 나는 더이상 내 인생에서 신을 믿는 일은 없을 거라 결심했다. 내 남은 시력은 겨우 엄마의 형상만을 감지했다. 나는 손을 뻗어 엄마를 만졌다. 손끝으로 영혼이 사라진 차가운

살결을 더듬어보았다. 단 하루라도 이 사람과 끌어안고 잠들고 싶었다. 멀쩡한 자식이 아니라서, 기대만큼 잘난 자식이 아니라서, 아플 것을 알면서도 부러 가슴에 맺힐 말로 원망을 해서 미안하다고 말하고 싶었다.

슬픔이 차오르기도 전에 누군가 내게 말했다. 원무과로 가서 병원비를 수납하라고, 그래야 다음 절차를 진행할 수 있다고. 나는 꽤 충격을 받았다. 돈이 없다면 부모 송장조차 찾지 못한다는 현실에 온몸이 싸늘히 굳어졌다. 장례를 치르기 위해서는 숱한 선택이 기다렸다. 화장장에 예약을 잡아야 하고, 친척들에게 연락해야 하고, 수의며 관을 정하고, 꽃을 주문하고, 음식을 맞춰야 했다. 슬퍼해야 할 사흘이 정신없이 지나갔다.

장지에서 돌아와보니 일은 이제부터 시작이었다. 축사의 짐승들이 힘없이 울부짖었다. 이웃들이 오가며 먹이를 주었지만 양에 차지 않았는지 내가 축사에 들어서자 소들은 제각각 나를 향해 푸푸 숨을 뿜어내거나 빈 여물통을 핥아댔다. 목장갑을 손에 끼고 여물통에다 사료를 채웠다. 더러운 물통을 씻어내고 깨끗한 물로 채웠다. 성견이 된 잡종개가 주인이 반가워 꼬리를 마구 흔들어댔다. 닭장에는 며칠간 쌓인 달걀로 알 낳는 상자가 가득했다.

축사를 대강 정리하고 마당으로 들어서니 화초가 심어진 화분들이 여기저기 빼곡했다. 처마 밑 뜨락에는 꽃 화분이, 대청에는 동양란 화분이, 뒤꼍에는 국화 화분이 줄지어 엄마의 손을 기다리고 있었다.

톳마루에 앉아 앞마당을 내다보았다. 열린 대문으로 농약 통을 등에 짊어진 엄마가 금방이라도 들어설 것만 같았다.

본향 집을 정리하는 데 한 달이 걸렸다. 그사이 잔존 시력이 모두 사라졌다. 익숙한 길도 지팡이 없이는 혼자 다닐 수가 없었다. 그럼에도 정신없이 일했다. 한시도 쉬지 않고 움직였다.

죽은 엄마 앞에서 나는 결심했다. 나와 내 가족이 더이상 돈 때문에 절망에 빠지지 않게 하겠다고.

지독하다는 소리가 내 등뒤에 이름표처럼 붙었다. 성실한 노동과 절제는 늘어나는 숫자로 정직히 보답해주었다. 1년짜리 적금을 타는 날에도, 3년을 부은 적금 만기 날에도 내가 나에게 주는 보상은 붕어빵 천 원어치였다.

힘에 부쳐 쓰러진 날도 있었다. 언제부턴가 왼쪽 얼굴의 감각이 둔해지기 시작했다. 대수롭지 않던 통증은 점차 마비 증상처럼 나타났다. 동네 병원에 들러 검사를 했는데 이상을 찾지 못했다. 증상이 있는데 원인이 없을 리 없었다. 대형 병원에 진료 예약을 하고 한의원에 들렀다. 할아버지 한의사는 뇌졸중 초기 증상일 수 있으니 요양하며 약을 먹어보라고 권했다. 그렇게 일을 쉬자 금세 증상이 없어졌다. 갑자기 시간이 많아지자 별별 생각이 다 났다. 그제야 의문이 들었다.

왜 아무도 엄마 병원비에 관해 묻지 않았지?
왜 장례비가 얼마 나왔냐고 묻는 이가 하나도 없었던 거지?
내일이면 서른인데 나는 무엇을 위해 산 거지?
내게 남은 게 뭐지?

한동안 혼란스러웠다. 처지가 비관스러워지자 원망할 대상이 필요했다. 엄마도 그중 하나였다.

그러던 어느 날 꿈을 꾸었다. 파란 하늘. 들녘은 가을이었다. 나는 도로 위 승합차 안에 앉아 있었다. 만삭의 고양이를 무릎에 내려놓고 창밖을 내다봤다. 고양이는 얌전하고 따뜻해서 내 마음을 안정시켰다. 그리고 익숙한 모습이 시야에 들어왔다. 들판 저멀리, 목까지 덮는 챙이 큰 모자를 쓰고 일을 나가는 엄마의 뒷모습이 보였다.

작업복 차림에 흰 장화를 신은 엄마를 향해 나는 목청껏 소리를 질렀다.

엄마는 고개를 돌려 나를 바라봤다.

나를 알아보고는, 특유의 시크한 미소를 띠며 손을 들어 내게 인사했다. 마치 잘 가라는 듯, 내게 아무것도 바라는 것 없다는 듯 가벼운 인사였다. 그러고는 돌아서 들로 향했다. 나와 엄마의 거리는 점점 멀어졌다. 나는 엄마를 부르며 엉엉 소리 내어 울었다.

잠에서 깬 후에도 나는 한동안 격격 소리를 내며 흐느껴 울었다. 얼마를 울었을까. 그렇게 원 없이 울고 난 뒤 나는 가슴에 늘 묵직하게 얹혀 있던 무언가가 사라져버렸다는 것을 알았다.

나는 그렇게 엄마와 완벽하게 이별했다.

아마 그 꿈은 내가 만들어낸 허상일지 모른다. 그러나 나는 가벼워졌고 누군가를 원망하는 마음을 내려놓게 되었다.

은사님은 내게 엄마 이야기를 써보는 것이 어떻겠냐고 하셨다. 나는 준비가 되면 그래보겠다고 대답했다.

언젠가 내 엄마가 아닌 여자 이선열에 관해 쓰고 싶다. 그녀의 열정과 농담을 이어받았으니 그것은 나의 힘이 될 거라고 믿는다.

영화처럼 엄마처럼

　스무 살의 가을이었다. 나는 고등학교 졸업과 함께 도시로 취업을 나갔다. 그러나 내가 견딜 수 있었던 시간은 겨우 6개월 정도였다. 왜 견디지 못하고 직장을 그만뒀는지는 잘 기억나지 않는다. 지금 생각하면 분명 별스럽지 않은 이유였을 것이다.

　고향집에는 엄마와 초등학생 남동생뿐이었다. 엄마는 갑작스레 짐을 끌고 들어오는 나를 그럼 그렇지 하는 표정으로 맞이했다. 그래서 죄책감도 패배의식도 전혀 없이 내 방에 짐을 풀고 하루 내내 깊은 수면으로 보냈다.

　잠에서 완전히 깨어난 것은 오후 9시가 넘어서였다. 늦가을 시골의 저녁은 해넘이 속도와 비례한다. 그러므로 우리집도 이미 한밤중이었다. 집안의 모든 전등은 소등되고 엄마는 텔레비전 앞에서 꾸벅이고 있었다. 얼마 전 이 작은 동네까지 케이블 채널이 보급됐다. 하루에 시내버스가 네 번 들어오는 두메산골에 말이다. 그 영향으로 프로레슬링에 눈을 뜬 엄마는 존 시나의 열성 팬이 되었고, 밤마다 프로레슬링을 보면서 밤 10시 넘어 학원에서 돌아올 남동생을 기다렸다. 시간이 시간인지라 음량을 작게 줄여놓은 상태였지만 화면에서는 근육질 남성들이 얽히고설키며 서로를 때려눕히고 있었다. 내가 TV 리모컨을 집어들자 갑자기 엄마가 자세를 꼿꼿이 세우고 앉아 경기를 관람했다. 마치 눈 한번 깜박인 적 없었던 사람처럼 말이다. 나는 리모컨을 멋쩍게 엄마 앞에 내려놨다.

"밥 먹어!"

"생각 없어."

엄마의 말에 퉁명스럽게 대꾸하고 부엌에서 물만 한잔 따라 마셨다. 식탁에는 비닐 랩이 씌워진 반찬 접시들이 차갑게 식어가고 있었다. 수저통 옆에 놓인 엄마의 담배와 일회용 라이터가 눈에 들어왔다. 소리 나지 않게 살짝 그것들을 집어들었다. 언제 다가왔는지 엄마가 내 손에서 담뱃갑을 낚아챘다.

"담배 사온다는 게, 배추랑 무 뽑아서 부랴부랴 넘기는 바람에 깜박 잊고 말았어. 직거래는 갑자기 주문이 들어오고 바로 물건을 내놓느라 하는 일이 많아서 영 정신없다니까!"

엄마는 담배를 한 대 꺼내 물고 담뱃갑을 내게 넘겼다. 나는 하나 남은 구부러진 담배를 꺼냈다. 엄마가 먼저 담배에 불을 붙이고 내게 라이터를 건네주었다. 빈 담뱃갑을 구겨 쓰레기통에 넣고 식탁 의자에 엄마와 마주앉아 허공에 담배 연기를 뱉었다. 열다섯 살에 뒷마당에서 담배를 피우다 엄마에게 걸려 머리통을 주먹으로 얻어맞은 이후로 나와 엄마는 마주앉아 담배를 피웠다.

"가을이라 할 일도 많은데 내일부터 좀 도와줘!"

엄마 나름의 위로였고 당분간 마음대로 하라는 허락의 표현이었다. 엄마는 바쁜 일손을 핑계삼아 내가 돌아와도 될 이유를 만들어주었다. 나는 엄마의 말에 얼른 고개를 끄덕였다. 당당한 척했지만 사실 마음 한편에는 엄마가 실망하고 비난할까봐 걱정스러웠다. 담배 연기에 내 안도하는 마음이 섞여 날아갔다.

우리는 마을 입구까지 걸어가 남동생을 기다렸다. 엄마는 올해 수확한 벼의 소출이 얼마나 늘었는지, 집 나간 옆집 아주머니가 결국 옆집 아저씨에게 재산 분할 소송을 진행한다는 등 내가 집과 멀어져 있던 시간의 공백을 이야기했다.

멀리서 승합차의 헤드라이트가 다가왔다. 초등학교 6학년밖에 안 된 동생이 거의 재수생 표정으로 기운 없이 차에서 내려서다 내 얼굴을 발견하고는, 주인 만난 강아지인 양 신이 나

달려왔다. 엄마는 동생의 가방을 받아들었고 나는 녀석을 번쩍 들고 한 바퀴를 돌았다. 동생은 사내아인데도 또래보다 몸집이 작고 가냘팠다. 그에 비해 나는 여자치고는 키가 크고 어깨가 넓은 덕에 형만큼이나 거칠게 놀아주고 개구진 장난들을 받아줬다. 동네에 아이라곤 남동생뿐이어서 함께 놀 또래 친구가 없기도 했다.

저녁을 먹고 이걸 하자 저걸 하자 한참 계획을 짜던 녀석이 밥 수저를 놓자마자 졸음이 쏟아지는지 연신 하품을 해댔다. 나는 나란히 누워 주말에 뭘 하고 놀아줄지를 이야기했다. 몇 마디 하지 않았는데 동생은 금세 곯아떨어졌다. 방에 불을 꺼주고 거실로 나와 점퍼를 집어든 채 밖으로 나갔다. 동네라도 한 바퀴 돌며 바람을 쐴 요량이었다.

대문을 막 나서는데 엄마가 따라오더니 차고 쪽으로 가라는 손짓을 했다. 앞마당에 매놓은 잡종견이 인기척을 느끼고 일어섰다가 주인들임을 확인하고 제 집으로 들어가 누웠다. 엄마는 운전석에, 나는 조수석에 올라탔다.

"이 시간에 어디 가려고?"

"담배 떨어졌잖아!"

차는 서행해 마을을 빠져나가고 인근 마을 외곽 도로를 거쳐 4차로 큰길까지 나갔다. 편의점이 있는 읍내까지 15분은 더

가야 했다. 불빛이라곤 군데군데 주황색 가로등만이 어두운 하늘을 받쳐들고 서 있었다. 시내가 가까워지며 멀리 신호등이 보였다. 반대 차선에서 처음으로 차량 한 대가 다가왔다. 운전자는 매너 있게 라이트 조도를 낮추고 다가오며 비상 깜박이 두 번을 켜서 무언가 신호를 보냈다. 그 순간 엄마의 기세가 달라졌다. 엄마는 감사 클랙슨을 작게 울리고 안전벨트를 맸다.

"너도 빨리 매봐."

나는 영문도 모른 채 시키는 대로 벨트를 맸다. 그러자 얌전히 차를 몰던 엄마가 돌변했다. 자동차를 지그재그로 몰았고 속도도 높였다 줄였다를 반복했다. 차가 몹시 비틀거렸다. 꼭 만취한 사람이 운전대를 잡은 것 같았다.

그렇게 도착한 읍내의 첫 신호는 파란불이었다. 코너를 돌자 만난 두번째 신호는 주황색에서 빨간불로 바뀌고 있었다. 엄마는 정확히 정지선에 차를 세웠다. 그리고 어두운 갓길을 노려봤다. 그곳에는 불 꺼진 순찰차가 세워져 있었다. 어둠에 몸을 숨기고 있던 경찰 두 사람이 주황색 경광등을 들고 우리 쪽으로 다가왔다. 엄마는 당당한 표정으로 운전석 창문을 내렸다. 그들은 두세 걸음 다가오다 걸음을 멈췄다. 그러고는 이내 출발하라는 손짓을 했다. 엄마한테서 충청도 특유의 비아냥이 터져나왔다.

"왜유? 측정기 한번 불어볼라고 양치도 하고 왔는디유?"

"아줌마, 됐으니까 가세요."

신호는 파란불로 바뀌었다.

"서운해서 어쩐대유? 양치질을 괜히 했구만유?"

엄마는 창을 올리며 액셀을 힘껏 밟았다. 멀리서 서행하라는 고함이 들렸지만 엄마의 질주 본능은 그들이 멀어져서야 사그라졌다.

"저놈들 이제 소문났는지 영 잡아주질 않네."

입맛을 쩝 다시는 엄마의 개구진 표정을 보아하니, 일부러 수상한 운전을 해 순찰차에 잡히는 짓궂은 장난을 몇 번이나 쳐왔지 싶었다.

읍내 편의점은 전용 주차장까지 갖춘 중소 슈퍼마켓 규모다. 입구에는 사과 농장에서 가져다놓은 사과가 가격별로 진열돼 있었다. 아마 친척 중 누가 사과 농사를 짓는 모양이었다. 도시에서는 상상도 못할 일이지만 작은 시골 동네에서는 충분히 있을 수 있는 일이었다.

바구니를 들고 엄마 뒤를 따라갔다. 엄마는 앞장서 걸으며 스낵 과자와 만 원에 네 캔 하는 맥주를 바구니 속에 던져 넣었다. 그리고 계산대에서 담배 종류를 이야기했다. 계산대 아주머니는 3년 전에도, 5년 전에도 부푼 풍선처럼 살이 꽉 차 있다 못해 흘러내릴 지경이더니 여전히 그 몸매를 유지하고 계셨다.

"아이고, 아줌니 담배 좀 끊어요."

아주머니가 단춧구멍같이 파묻힌 눈을 휘어 보이며 엄마를 질책했다.

"담배라도 사러 와야 승길이 엄마랑 인사라도 하지! 아줌니는 여전하시고?"

"우리 엄니 치매 심해지셔서 병원에 모셨슈. 자손들이 죄인이쥬. 병든 엄니 남의 손에 맡기고."

"그게 추세인 걸 뭔 소리를 하나?"

아주머니는 계산을 하다 말고 엄마와 근황 이야기를 시작했다. 오랜만이라 잊고 있었다. 이분에게 걸리면 한나절 수다를 들어야 한다. 엄마는 계산도 안 한 담배를 뜯고는 계산대에 굴러다니는 라이터를 들어 불을 붙였다. 그러자 아주머니도 자연스럽게 어디서 재떨이를 꺼내 계산대에 올려놓았다.

나는 엄마 뒤에서 우두커니 서 있다가 아주머니의 관심이 내게 옮겨올까 싶어 슬슬 몸을 빼려했다. 그때 다행히 비교적 젊은 남자 손님이 들어섰다. 드디어 아주머니가 바구니 속 물건을 들어 바코드를 찍기 시작했다. 남자는 내 뒤에 줄을 섰다. 엄마는 담배를 재떨이에 비벼 끄고 비닐봉지를 건네받아 물건을 담았다.

"들어가셔유, 형님."

엄마는 아줌니에서 형님으로 승격됐다. 남자는 내 예상대로 담배를 주문했다. 그는 날 알아보지 못했지만 나는 남자를 알았다. 그는 내 중학교 시절 음악선생이었다. 좁은 동네는 이렇게 거미줄처럼 얽히고설킨 관계로 이어져 있다.

집으로 돌아가는 길, 엄마는 또 순찰차 앞에서 곡예 운전을 시작했다. 경찰들은 본척만척 다가오지도 않았다. 곧 자정이었다. 반대편 차선도 우리 뒤에도 어둠만 따라붙을 뿐 단 한 대의 차도 보이지 않았다.

엄마는 읍내와 멀어지자 차를 세웠다. 뒷자리에 실어놓은 비닐봉지에서 맥주를 꺼내 뚜껑을 딴 뒤에 내게 건넸다. 캔은 손이 시릴 정도로 차가웠다. 엄마는 캔 하나를 더 따더니 내 맥주 캔에 가볍게 부딪치고는 벌컥벌컥 맥주를 맛있게 넘겼다. 그렇게 몇 모금 마신 후 캔을 자동차 홀더에 끼우고 담배를 꺼내 물었다.

창을 열고 천천히 차를 움직였다. 한 손으로 핸들을 잡고 한 손으로는 담배를 건들건들 흔드는 엄마의 표정은 행복하면서도 한편 피곤해 보였다.

나도 담배를 물고 불을 붙였다. 엄마처럼 창을 열고 담배를 든 팔을 창틀에 올렸다. 맥주를 몇 모금 마시며 라디오를 켰다. 들어본 적 있는 올드 팝이 흘러나왔다. 가을밤은 너무 외롭다 말하는 여성의 건조한 목소리가 제법 분위기 있었다.

가을바람을 맞으며 피우는 담배맛은 끝내주었다. 엄마는 동네 입구 하천 다리 위에 또다시 차를 세웠다. 남은 맥주를 들어 꿀꺽꿀꺽 마시고는 빈 캔을 다리 난간 너머로 던졌다. 내가 들고 있던 빈 맥주 캔도 빼앗아 말릴 새도 없이 난간 너머로 던졌다. 내가 어이없는 표정을 짓자 엄마는 어쩌라고 하는 표정으로 응수했다.

가을밤이면 나는 그날 밤을 떠올린다. 창으로 쏟아져드는 가을바람의 냄새를, 엄마와의 늦은 밤 드라이브를. 그것은 오래된 영화처럼 멈춰선 시간의 그리움이다.

가라앉은 배,
구부러진 등

　친구 솔의 집에 초대를 받았다. 솔은 올해 다섯 살 된 딸을 내게 보여주고 싶어했다. 낯가림이 심하다는 아이는 내가 팔을 벌리자 살포시 품에 안겼다. 아이 특유의 보드라운 볼이 내 뺨을 스쳤다. 아이는 금세 내 품에서 빠져나갔다.

　솔 부부는 저시력 시각장애인이다. 잔존 시력이 있다고 해도 생활의 불편함은 있다. 그녀는 다른 엄마들에 비해 아이에게 신경을 못 써주는 부분이 있어 늘 미안하고 속상하다고 했다. 솔이 식사 준비를 하는 동안 나는 아이와 시간을 보냈다. 아이는 나와 인형 놀이를 잠깐 하더니 금방 싫증을 내고 혼자 종이 오리기를 시작했다. 사각사각 가위질하는 소리가 위험하게 들렸다. 내가 대신 가위질을 해주겠다고 손을 내밀었지만 아이는 몸을 살짝 돌려 앉으며 말했다.

"이모는 하나도 안 보이니까 이거 못해."

나는 아이의 어른스러운 말솜씨에 할 말을 잃었다. 아이는 거절한 게 마음에 걸렸는지 오려둔 종이조각을 내가 내민 손에 내려놓았다. 그러고는 집과 자동차라고 오린 그림을 설명하며 일단 그거 갖고 놀고 있으라 나를 다독였다. 솔에게 아이의 어른스러움을 칭찬하자 솔은 다른 집 아이 이야기를 들려주었다.

그 가정은 전맹 부부로 여섯 살 딸아이를 키운단다. 정확히 말하자면 여섯 살 아이가 장애인 부모를 챙기고 산다는 것이다. 아침이면 출근하는 아빠를 안내해서 지하철역까지 데려다주고 자기는 유치원에 혼자 걸어간단다. 하원하면 엄마 손을 잡고 마트에 장을 보러 가야 했다. 부모의 시각장애인 동료들이 집에 놀러오기라도 하면 심부름을 도맡고, 돌아가는 이들의 신발을 찾아주고 엘리베이터를 태워준다는 것이다. 여섯 살 아이가 말이다. 나는 너무 일찍 철이 들어버린 아이의 처지가 안쓰러웠다. 나중에 덧붙이는 솔의 말에 의하면 아이의 부모도 의젓한 자식을 늘 애잔해한다고 했다.

솔이 자기 딸을 끌어안으며 내게 아이를 갖고 싶지 않으냐 물었다. 그 질문에 나는 10년 전의 그날을 떠올렸다.

2014년 4월 16일. 나는 경로당으로 안마 봉사를 나갔다. 장소는 시내 변두리, 허름하고 오래된 동네의 대로변 2층 건물로 이미 두세 번 방문한 적이 있는 곳이었다. 아래층은 마을회관으로 중장년층이 이용하고 노인들은 위층을 사용했다. 구조는 방 세 칸과 넓은 거실로 가정집과 다를 바 없었다. 나를 포함한 봉사자 넷이 거실에 자리를 마련하고 한창 어르신들을 안마하고 있었다. 거실 벽에 걸려 있던 TV에서 속보가 흘러나왔다. 제주로 향하던 여객선이 좌초됐다는 보도였다. 방송을 보던 이들 모두가 금방 구조될 거라 생각했다. 내 나라와 사회 시스템을 믿었다. 그러나 상황은, 모두가 알다시피 우리의 예상대로 진행되지 않았다.

　　일주일 후 그곳을 다시 찾았다. 어르신들이 안마받고 몸이 좋아졌다면서 다시 방문해달라는 노인회장 할머니의 간곡한 부탁 때문이었다. 방마다 어르신들이 빽빽이 앉아 안마받을 차례를 기다렸다. 우리는 거실에 자리를 깔았다. 순서를 기다리던 노인들이 지루했는지 거실 TV의 볼륨을 높였다. 화면에는 바다에 완전히 가라앉아버린 여객선과 구조선들이 모습을 드러내고 있었다. 나는 듣지 않으려 애를 썼다. 아나운서는 희망을 잃어서는 안 된다고 반복했지만 일주일 내내 들은 탓에 헛된 바람임을 모두가 알았다. 좌중이 웅성대는 가운데 어느 노인이 혼잣말처럼 뇌까렸다.

"배에 탄 애들 부모는 애간장이 다 녹아버려 앞으로 제정신으로 살겠나!"

어르신들은 자기 생각을 두서없이 내뱉었다. 그중엔 참혹한 의견도 있었다. 그 말을 나무라는 목소리도 있었다. 그러나 모두가 애도하는 마음만은 한마음 한뜻이었다.

어느 노인이 TV만 켜면 우울해진다며 전원을 껐다. 실내가 조용해지자 호기심이 우리들에게 쏠렸다. 신상에 관한 질문이 꼬치꼬치 들어왔다. 네 명의 마사지사 중 미혼은 나뿐이어서 노인들의 관심이 내게 몰렸다. 어느 노인이 내게 하루라도 빨리 애를 낳으라고 설교했다. 그래야 그 애가 내 눈을 대신해줄 게 아니냐는 거였다. 처음에는 웃어넘겼다. 내 장애가 안타까워 하시는 말이겠거니 여겼다. 다른 노인이 그 의견을 거들었다. 나는 무표정으로 대꾸하지 않았다. 또다른 노인이 가세했다. 내가 말없이 안마만 하자 노인이 내 옆구리를 찌르며 어른들 말을 잘 새겨들으라 했다. 나는 마음이 불편해졌다.

누군가 다시 TV를 켰다. 실종자 부모의 인터뷰가 방송됐다. 여인의 애타는 마음이 절절히 흘러나오다 결국 목이 메어 중단됐다. 내게 빨리 애를 낳으라 했던 어르신이 구부러진 등을 내게 맡겼다. 어제 장에 나갔다가 봄배추가 연하고 맛있어 보여 자식들 주려고 겉절이를 좀 담갔더니 삭신이 안 아픈 곳이 없다며 앓는 소리를 냈다. 노쇠한 노인의 몸은 제대로 된 관절이 하나도 남아 있지 않을 정도로 굳고 변형되어 있었다.

'이 몸을 하고도 자식을 위해 찬물에 손을 담가 채소를 씻고 매운 양념을 버무렸겠지.'

이런저런 생각이 교차했다. 와중에 내 안마를 받던 노인이 다시 내게 아이 타령을 시작했다. 때맞춰 TV에서는 실종자 부모의 애타는 오열이 흘러나왔다. 나는 안타깝고 속상한 마음에 노인에게 쏘아붙였다.

"내 몸 불편하니 어린애를 눈으로 써먹자고 낳으라니요? 어머니는 이 몸을 하고 장성한 자식 주고 싶어 김치 담그셨다면서요. 어린애 부려먹고 살라는 이야기는 그만하세요."

내 말에 찬물 한 바가지를 끼얹은 듯 분위기가 싸늘해졌다. 보다못한 노인회장 할머니가 들으라는 듯 '내 새끼 소중하면 남의 자식도 그런 줄 알아야지 주책 떨지 말라' 타박했다. 회장 할머니의 일갈에 노인들은 슬슬 눈치만 살폈다. 고요한 실내에 자식 이름을 목놓아 부르는 이들의 절규가 퍼져나갔다.

새초롬했던 솔의 아이는 내가 집에 돌아가겠다 하자 내 다리에 매달렸다. 그사이 정이 든 모양이었다. 아이의 눈물로 내 다리가 축축이 젖었다. 나는 아이를 번쩍 안아들었다. 따뜻하고 작은 몸이 놓치지 않겠다는 듯 내 몸을 꽉 끌어안았다. 너무도 사랑스러워 가슴이 내려앉는 것 같았다. 결국 떨어지지 않으려 하는 아이 때문에 아이가 잠들 때까지 옆을 지켜야 했다.

품에 안고 있던 작고 보드라운 기억은 며칠간 나를 행복하게 했다. 처음으로 아이가 있으면 좋겠다고 생각했다. 그런 마음이 들자 또다시 10년 전 경로당에서의 기억이 되살아났다. 애타게 자식의 이름을 부르던 어미의 울부짖음이 가슴을 파고들었다. 세월이 이토록 흘렀는데도 자식 잃은 부모의 절규는 고통스러울 만큼 절절했다.

비로소 나는 인정했다. 내가 부모가 되기를 거부했던 것은 내 장애 때문이 아니었다는 것을. 나는 아마 부모의 자리를 감당할 자신이 없었던 것이리라.

운동화 할머니

고향집에서 빈둥거리던 스무 살의 여름이었다. 고향집은 매우 낙후된 시골 촌구석이었고 과자 한 봉지를 사려 해도 3킬로미터는 떨어진 작은 슈퍼까지 나가야 했다. 슈퍼는 노인들이 소일거리 삼아 운영하는 가겟방이라서, 어르신들이 들에 농사를 나가시기라도 하면 문이 잠겨 되돌아오는 낭패를 봐야 했다. 당연히 카드 결제는 불가능했다. 때론 바깥 어르신이 안쪽 방에서 주무시기라도 하면 물건 값을 어르신 목침 옆에 내려놓고 조용히 퇴장했다. 그건 그 가겟방을 이용하는 이들의 자연스러운 원칙이었다. 가겟방 앞에는 커다란 공터가 있었는데 그곳이 간이 버스정류장이었다. 한 시간에 한 번씩 읍내에서 출발한 버스가 들어와 10여 분 정차했다가 다시 읍내로 나갔다.

　그날 나는 점심에 먹을 라면을 사러 자전거를 타고 가겟방으로 향했다. 볕이 뜨거워 모자를 쓰지 않고 나온 것을 후회했다. 더위를 피해 새벽부터 일찍 일어나 엄마와 고추밭에 농약을 뿌리고 축사를 청소했다. 씻은 후 잠시 낮잠을 자고 나니 오후 1시가 넘었다. 엄마는 아직 한창 낮잠에 빠져 있고 한동안 일어날 기색이 없어 보였다. 습관적으로 밥통을 열어보고 냉장고를 살폈으나 딱히 마음에 들지 않았다. 라면을 떠올리며 찬장을 열어보았다. 그제야 하나 남은 라면을 어제 동생과 나눠 먹었다는 것이 생각났다. 대충 눈곱만 떼고 자전거에 올라탄 참이었다.

　동네를 벗어나자 들은 온통 초록빛이다. 머리 위 태양이 빛의 채찍으로 세상을 때려눕힌다. 잠깐 사이 등으로 땀이 주르르 흘러내린다. 눈앞의 세상이 별스럽지 않지만 아름답다. 멀리 햇빛을 반사해 반짝이는 비닐하우스가 망막에 자극을 주는지 눈가에 눈물이 고인다. 곧 잃어버릴 세상이어서 모든 게 소중하고 아름다웠다.

　자전거를 멈추고 길가에 핀 망촛대와 달맞이꽃을 가만히 내려다보았다. 시력이 매일 조금씩 사라져간다. 당장은 느껴지지 않지만 1년 전에 비해 시야가 좁아들었다는 것은 느껴진다.

슬픈 생각을 그만 털어버리고 다시 자전거에 올라 힘껏 페달을 밟았다.

버스가 먼지를 풀풀 일으키며 나를 추월해 언덕을 오른다. 승객은 거의 없다. 촌 동네 시내버스는 대부분 적자 운영이다. 인구는 줄고 고령화가 심각하다. 내가 언덕을 다 올랐을 때 버스는 다시 나를 스쳐지나갔다. 역시 승객은 흰머리 어르신 두어 명이 전부다.

가겟방 미닫이문을 열고 들어서서 꾸벅 인사한다. 어르신은 러닝셔츠 바람으로 선풍기 앞에서 신문을 내려다보고 있었다. 사람이 들어서자 돋보기를 벗어 신문 위를 눌러놓았다.

"덥자?"

선풍기 머리가 내게로 돌려졌다. 미지근한 바람이 목덜미의 땀을 식혀주었다.

"쪼그만했던 게 색시가 다 됐네."

나는 대꾸 없이 씨익 미소 짓고 라면 다섯 봉지를 집어 값을 치렀다.

"쉬셔유."

내가 인사를 하고 돌아서자 어르신이 땀이나 좀더 식히고 가라고 잡았지만, 나는 고개를 저으며 미닫이문을 열고 밖으로 나왔다.

자전거 바구니에 라면을 넣고 있는데 나무 그늘에 앉아 있던 할머니가 천천히 허리를 펴고 일어섰다. 얼굴이 익숙한 노인이다. 어디가 편찮으신지 걸음이 부자연스럽다. 푸른색 모시옷을 곱게 차려입으신 걸로 보아 일찍 장에라도 다녀오시는 길이겠거니 생각했다. 그런데 노인의 신발이 의외였다.

투박한 남자 운동화다. 부자연스러운 걸음은 발에 맞지 않는 운동화 때문이었다. 그리고 보니 노인이 빈손이었다. 작은 손가방조차 들고 있지 않았다. 걱정스러웠다. 고령의 노인들이니 치매를 의심하지 않을 수가 없었다. 할머니를 소리쳐 부르며 노인 옆에 자전거를 세웠다.

"더운데 같이 가셔유."

노인이 손사래를 치며 거절했다. 나는 꼼짝 않고 기다렸다.

"땡볕에 큰일나셔유. 가는 길이니 타고 가셔유."

내가 재차 권하자 노인은 어쩔 수 없다는 듯 뒷좌석에 엉덩이를 걸치신다. 막 출발하려 페달을 밟으려는데 아무래도 노인의 신발이 벗겨질 듯 아슬아슬해 보였다. 라면을 담았던 비닐봉지를 비워 신발을 담으시라고 건넸다. 노인의 얼굴이 순간 붉어진다. 맞지 않는 신발이 창피하신 모양이었다. 나는 노인의 멋쩍은 표정을 보고 사정이 있음을 짐작했다. 할머니는 운동화를 벗어 비닐에 넣었다. 내 허리춤을 잡은 할머니의 손을 툭툭 치고 페달을 천천히 밟았다. 자그마한 노인은 무척 가벼웠다.

자전거가 우리 마을을 지나치자 할머니가 여기서부터는 걸어가겠다고 말했다. 나만 할머니를 알고 있는 게 아니었다. 할머니도 내가 누구네 자식인지 알고 있었다. 나는 동네 앞까지만 모셔다드리겠다고 말했다. 나를 붙잡고 있던 노인의 손이 안절부절 불편한 감을 드러냈다. 할머니의 마음이 고스란히 전해졌다. 나는 다시 할머니의 손을 여미듯 툭툭 쳐주었다.

노인의 집은 마을 입구 첫번째 집이었다. 붉게 녹슨 철 대문 앞에 노인을 내려주었다. 노인이 내 티셔츠 자락을 붙들며 들어가 찬물이라도 한잔 마시고 가라 잡았다. 나는 되었다 손사래치고 돌아섰다. 페달을 힘껏 밟아 속도를 냈다. 덥지만 여름의 싱그러운 바람이 기분을 가볍게 만들었다.

집에 돌아오니 옆집 할머니가 마실을 건너와 엄마와 이야기를 나누고 있었다. 어딜 다녀오냐는 할머니의 물음에 들고 있던 라면을 내밀어 보였다. 겸사겸사 옆 동네 첫째집 할머니를 만나 모셔다드렸다는 말도 했다. 그러자 온 동네 소문꾼인 옆집 할머니가 그 집 사정을 줄줄 읊어댔다.

"그 아줌니 서울 사는 큰아들이 모셔갔다더니 또 도망쳐 오셨나보네. 마흔도 안 돼 과부 돼서 삼남매 성공시켰잖어! 큰아들은 서울서 공무원이라지. 작은애들은 다 대기업에 들어가 해외에 나가 있댜. 애들이 얼마나 지 엄니를 생각하는지 몰라. 그래 큰아들이 모시겠다고 서울로 데려갔잖어. 근데 답답하다고 금방 아들 허락도 없이 내려와버린 거여. 그랬더니 아들이 또 모시고 가려 하고. 옥신각신하다 외국 사는 작은애들이 들어와서는 자기가 모셔가겠다고 서로들 그러고. 복받은 노인이지."

엄마는 할머니의 말을 듣는 둥 마는 둥 하며 배고프니 라면이나 끓여오라고 내 등을 떠밀었다. 옆집 할머니는 관객이 별 흥미를 보이지 않자 노인회관에 가서 화투나 잡아야겠다며 일어섰다.

'운동화 할머니'를 다시 길에서 만난 건 사나흘 뒤였다. 밀짚모자를 눌러 쓰고 자전거 안장 뒤에 삽을 꽁꽁 묶어 실은 뒤 논에 물꼬를 막기 위해 나가는 길이었다. 할머니의 꽃무늬 빨간 양산이 7월의 초록 사이에서 유난히 화려해 보였다. 멀리서 할머니가 나를 먼저 발견했다. 내가 꾸벅 고개를 숙이자 반가운 눈빛으로 웃으셨다. 노인의 발을 흘깃 살폈다. 여름 샌들이었다. 나는 할머니를 스쳐지나려다 브레이크를 잡았다. 할머니의 옷차림이 읍내에 나가는 것 같았기 때문이다.

"버스 타러 가셔유?"

"그랴."

"오늘부터 일주일 동안 버스 안 들어오는데유. 하천 다리 공사한다고 하던데."

할머니의 표정은 이런 낭패가 있나 하는 모양으로 시무룩해졌다.

"열무를 다라이 하나 절궈놨는디. 어쩐댜!"

할머니의 걱정이 입으로 새어나왔다.

"장날도 아닌데 왜 읍내에 가시려고유?"

"미원이 똑 떨어졌잖여. 요새 열무는 질겨서 풀을 쒀 넣어도 풋내가 난단 말이지, 그냥 있는 대로 해야 쓰겄네."

"미원 하나 사러 읍내까지 가시려고 하셨슈?"

나는 오던 길을 돌려 집으로 향했다. 뒤를 돌아보니 양산 하나가 시든 꽃인 양 힘없이 왔던 길을 되짚어가고 있었다. 후다닥 집으로 뛰어들어 부엌 찬장을 열었다. 역시 화학조미료를 신봉하는 엄마답게 1킬로그램짜리 미원 봉지가 있다. 위생백을 뜯어 미원을 반쯤 덜은 다음 깨끗한 검은 봉지에 넣어 다시 후다닥 자전거에 올랐다. 붉은 양산을 향해 힘껏 페달을 밟았다. 할머니는 제법 멀어져 있었다. 내가 할머니를 소리쳐 부르자 뒤를 돌아다보았다.

"미원이유. 잘 해 잡수셔유."

자전거 바구니에서 검은 봉지를 꺼내 할머니 손에 떠맡기듯 쥐여주었다. 그리고는 재빨리 자전거를 돌려 달아났다. 남에게 아쉬운 소리 못하는 주변머리 없는 노인일 것이었다. 조미료 하나 이웃에게 빌리지 못해 읍내까지 나가는 모양이었으니까. 그러고 나서 2주나 지났을까? 갑작스러운 노인의 부고를 들었다.

엄마는 내게 심부름을 시켰다. 지금 회관에 가면 장례식장에 가는 어르신이 계실 테니 조의금 전달을 부탁하고 오라는 거였다. 흰 봉투를 들고 회관에 들어서니 차를 기다리는 어르신들이 모여 있었다. 수군수군 여기저기서 돌아가신 분의 이야기가 들려왔다.

"그 아줌니 독하다 독해. 어떻게 자기 생목숨을 끊는댜! 자식들 어떻게 살라고."

"그런 소리 말어! 오죽했음 죽어. 모시고 산다 서울로 끌고 가 갑갑한 아파트에 가둬두니 그게 사는겨! 지 엄니 살기 좋게 시골집 고쳐 살게 했음 얼마나 좋아!"

"으이구, 불쌍한 아줌니. 시골집 고쳐주면 자기네랑 안 살까봐 부러 안 고쳤단카요. 작은집이 문제지! 툭하면 큰집 아들들한테 네 엄니 고생시키지 말고 데려가라 훈계질 했다잖어. 그 농사땅 얼마 있다고, 지네가 소작 부치려고 수를 쓴 거지."

할머니는 이틀 전 방에 연탄을 피워 자살했다. 다음날 노인의 아들이 어머니를 다시 모셔가려고 내려왔다가 시신을 발견했다. 그녀가 죽기 전 마지막으로 회관에 나와 했던 말은 자기는 동물원 원숭이가 아니라는 거였다.

노인의 아들은 거실에 어머니의 방을 꾸몄다. 아들 말에 의하면 그건 가족들의 배려였다고 한다. 아파트가 갑갑하다 하시니 커다란 거실을 혼자 쓰게 해드리고, 가족들이 오가며 어머니를 한 번이라도 더 들여다보겠다는 계산이었다. 그러나 그건 자식들의 바람이었지 노모의 뜻은 아니었다. 아들은 방을 내드려도 싫다 하고 거실을 내드려도 싫다 하는 어머니를 이해하지 못했다. 어머니를 억지로 서울로 모셔온 뒤 신발을 감추기까지 했다. 사정이 이러하니 아들로서는 손주의 운동화를 신고 달아난 어머니가 얼마나 야속했을까? 반면 노인의 입장에서는 자신을 구속하려 드는 아들이었다. 아무리 싫다고 말해도 데려갈 때 얼마나 무기력하고 노여웠을까?

아들은 처음으로 어머니께 소리를 높였다. 주말에 모시러 올 테니 짐을 싸놓으시라고. 시골집은 몽땅 밀어버릴 거라고. 돌아올 곳이 없어야 어머니가 서울에 정을 붙일 게 아니냐고.

엿들은 이야기의 전말이 서글펐다. 수군거리는 무리 사이에서 당숙모를 발견해 조의금을 대신 전해달라 부탁했다.

"애, 걔지? 장님 되고 있다더니 멀쩡해 보이네."

아랫동네 사는 노인이 나를 가리키며 말했다. 당숙모가 할머니의 어깨를 치며 눈을 흘겼다. 순간 주위가 조용해지고 시선이 한곳으로 몰려들었다. 어디서 나타났는지 옆집 할머니가 내 앞을 가로막고 섰다. 슬며시 자리를 피해 밖으로 나왔다.

마음이 괴로웠다. 울지 않으려 했는데 눈물이 났다.

나는 늙은 부모를 부양할 수 있을까?

부모가 평생 자식을 책임져야 한다면 얼마나 숨이 막힐까?

나는 엄마한테 미안해서 울었다.

할머니의 마음이 조금은 이해되었다. 평생을 자식에게 저당 잡혀 살다가 이제야 자유로운 몸이 되었건만, 자녀들은 효도라는 명목으로 겨우 찾은 자유를 빼앗으려 한다. 그녀는 죽어서라도 벗어나고 싶었던 것이다. 나를 향해 환히 웃던 노인의 얼굴이 또렷이 생각났다.

사나흘 뒤 나는 자전거를 타고 노인의 집으로 향했다. 목적이 있는 방문은 아니었다. 그냥 한번쯤 가보고 싶었다. 할머니의 집은 더이상 존재하지 않았다. 공터가 돼버린 황량한 공간 앞에서 나는 노인이 정말 돌아가셨다는 사실을 마음으로 받아들였다.

기분이 이상했다. 무어라 규정할 수 없는 감정이었다. 나는 한참을 공터 앞에 서 있다 돌아왔다. 나는 한동안 그때의 감정을 잊고 있었다. 그러다가 어느 날 그 정체를 깨달았다. 시력을 잃고, 엄마를 잃고, 사랑하는 이를 잃고, 고향을 잃고서야 알았다.

그건 죽은 자를 위한 연민이었고, 산 자가 짊어지고 갈 공허함이었다.

넘버 파이브

그녀는 지독한 향수 중독자였다. 그녀의 흔적은 침대 시트를 갈고 숍의 모든 창문을 열고 2시간 정도 환기를 시켜야 겨우 사라졌다. 마사지사들끼리 손님을 선별해서는 안 된다는 암묵적 합의가 있었다. 그러나 이틀에 한 번 반드시 마사지를 받으러 오는 그녀만은 모두가 꺼렸다. 시술실에 가득찬 향수 냄새가 두통을 일으켰기 때문이다. 여름이라면 창을 열고 시술하겠지만 한겨울에는 그렇게 할 수도 없었다. 모두가 백기를 들자 결국 숍의 막내인 내가 마스크 두 개를 겹쳐 쓰고 그녀를 전담하게 되었다.

내 얼굴이 익숙해지자 그녀가 자기 이야기를 시작했다. 내 대답이 필요한 대화는 아니었다. 그녀는 말하는 사람, 나는 듣는 사람으로 관계가 설정됐다. 그녀의 언어는 대부분 부정적인 신세 한탄이었다. 나는 흘려듣다가 시술 자세를 바꾸기 전에야 듣고 있는 척 추임새를 넣었다. 그녀는 지치지 않고 말했다. 질문도 본인이 하고 대답도 자기가 덧붙였다. 마사지보다 말을 하고 싶어서 숍에 오는 게 아닌가 하는 의심이 들 정도였다.

시술을 마치고 나오면 숨에 밴 향수 냄새와 폭력 같은 수다 때문에 정신이 몽롱했다. 좀비처럼 어기적어기적 걸어나와 마스크를 쓰레기통에 벗어던지고 골방에 들어가 30분쯤 멍하니 누워 있어야 소진됐던 기운이 겨우 채워졌다.

서너 달이 흐르고서야 나는 그녀에게 적응해갔다. 그녀에 대해서도 적지 않은 사실을 알게 되었다. 지독한 향수 냄새는 흡연자임을 감추기 위해서였고 일방적 대화는 불안과 외로움의 비명이었다. 그녀를 연민하며 진심으로 이야기를 듣기 시작하자 그녀도 조금씩 마음을 열었다. 여태까지 그녀의 말은 주제도 목적도 없는 빈껍데기 같은 혼잣말이었지만, 내가 공감하고 그녀를 궁금해하자 대화의 형태가 갖춰지기 시작했다.

그녀는 나와 동갑이었다. 직접 언급하지 않았지만 야간 업소에서 일하는 것 같았다. 별다른 취미는 없고 활발한 성격도 아니라 무료하게 하루를 소비하고 사는 듯했다. 그녀의 유일한 사치는 마사지와 성형이었다. 내가 그녀를 안쓰럽게 생각하는 것처럼 그녀도 내게 동정과 연민을 느끼는 듯했다.

어느 날 그녀가 내게 가족들이 잘해주냐고 물었다. 나는 대답하지 않고 그녀에게 질문을 돌렸다. 가족들이 잘해주냐고. 잠시 대답을 망설이던 그녀가 그냥 그렇다고 뜨뜻미지근한 대답을 했다. 나도 따라서 그저 그렇다고 응답했다. 그녀는 한동안 침묵하더니 다시 입을 열었다. 본인의 가족은 자신에게 가혹할 때가 있다고 했다. 심성이 나쁜 사람들은 아닌데, 상황이 그렇게 만드는 것 같다고 가족들을 두둔하는 말을 덧붙였다.

그녀의 가족들은 그녀에게 모든 생계를 의지해 살고 있었다. 부양의 시간이 10여 년이 지났다. 그녀의 청춘은 그렇게 소비되어갔다. 처음에는 그녀에게 감사했던 이들이 이제는 당연한 일처럼 돈을 요구하고 더 큰 짐을 지우려 안달이라고 했다. 가족들은 그녀가 어디서 어떤 식으로 돈벌이를 하는지 알면서 계속 다그치기만 한다고 가족에 대한 원망을 서글픈 목소리로 털어놓았다.

나는 처음 취업을 나왔을 때 선배 마사지사들이 해주었던 당부를 떠올렸다. 선배 언니들은 집에다가 내가 얼마를 버는지, 수입을 공개해서는 안 된다고 신신당부했다. 장애 자녀가 돈을 벌면 부모는 대신 관리해준다는 명분으로 돈을 가로채서 다른 형제의 배를 부르게 해준단다. 나는 설마 그럴 리가, 라고 생각했다. 내가 믿지 않자 선배들은 여태까지의 경험이 교훈으로 내려온 것이라고 강조했다. 선배도 선배로부터 받은 교육이고, 이미 사실로 입증되었다면서 씁쓸히 웃었다.

그때는 선배들의 당부를 이해하지 못했지만, 지금은 내가 갓 사회에 나온 후배들에게 선배들의 당부를 교육한다. 가족의 의무는 공평한 책임이다. 누군가의 희생을 바탕으로 유지되는 관계는 건강한 가족이라 할 수 없다. 나도 모르게 울컥 선배들에게 들었던 따끔한 충고가 튀어나와버렸다.

"고객님, 가족들을 망가뜨린 사람은 바로 고객님이에요. 본인이 그렇게 길들였잖아요. 돈을 주지 않으면 버림받을까봐 겁나죠? 비난받는 게 무섭죠? 병이 든 부분을 도려낼 용기가 없다면 그냥 도망쳐버려요."

내뱉자마자 곧 주제넘었다는 생각이 들어 후회했다. 그녀는 사람의 관계가 무 자르듯 잘라지는 게 아니라며 천륜이니 자식의 도리니 하는 허울좋은 핑계를 가져다댔다. 그녀는 아직 들을 준비가 되어 있지 않은 사람이었다. 나는 더이상 아무 말도 하지 않았다. 그후로 그녀의 방문이 끊겼다. 와야 할 날짜에서 이틀이 지났지만 그녀는 나타나지 않았다. 나는 괜한 참견을 후회했다.

사흘이 지났다. 나는 더이상 그녀를 기다리지 않았다. 그러다가 예약 없이 그녀가 숍 문을 열고 들어섰다. 실내는 금세 그녀의 향수 냄새로 어지러워졌다. 나는 마스크를 두 개 겹쳐 쓰고 그녀가 기다리고 있는 시술실 문을 열었다. 간단히 인사를 건네고 마사지를 시작했다. 그녀는 말없이 내게 몸을 맡겼다. 그녀의 고백은 마사지 시간을 10여 분 남기고 시작됐다.

"업소에서 불리는 내 예명은 '넘버 파이브'예요. 나는 떳떳하지 못한 곳에서 더럽게 돈을 벌어요."

나는 직감적으로 오늘이 그녀를 보는 마지막날임을 알았다. 지금부터 나는 그녀에게 마사지사가 아니라 비밀을 털어놓는 대나무 숲이라는 것 또한 알았다.

그녀는 내 충고가 충격적이었다고 했다. 관계를 망친 것이 자기 때문이라는 사실을 인정할 수 없었다. 줄곧 피해자는 자신이라고 생각해왔다. 그래서 여태껏 버틸 수 있었는데 삶을 부정당하는 기분이 들었다고 했다. 그러다 내 충고가 면죄부가 되었다며, 그녀는 더이상 가족을 망치지 않기 위해 도망치겠다고 말했다.

나는 시술을 마치고 여느 때처럼 마스크를 집어던진 뒤, 골방으로 들어가 쓰러지듯 침상에 누웠다. 직원들이 창을 열고 환기를 시켰다. 그녀의 흔적이 천천히 사라져갔다. 오늘 나는 고객 한 사람을 잃었다.

끝까지 한 방!

　이것은 평범한 한 남자의 기록이다. 나는 한번쯤 그의 이야
기를 해야겠다고 결심했다. 너무도 평범해서 아무것도 남기지
못했고, 결국 세상에서 잊혀져가는 한 남자를 나만은 기억하고
싶었기 때문이다. 그는 나에게 영웅이었고 친구였으며, 부모였
고 고향을 지키는 오라비였다.

　그의 집과 우리집은 담장 하나 사이의 거리였다. 그는 항렬
상 나에게 오빠였지만 나이 차가 열여섯 살이나 되었다. 열 가
구 집성촌인 우리 마을에서 가장 어린 것은 여섯 살인 나였고
그는 동네 유일한 내 친구였다.

오빠는 고등학교 때 백혈병에 걸려 투병생활을 했다. 다행히 완치 판정을 받았지만 당분간은 집에서 요양해야 했다. 그의 형제들은 모두 가정을 꾸려 나가서 살림을 차렸거나 직장을 찾아 고향을 떠났다. 오빠의 아버지인 당숙은 정치의 꿈을 버리지 못하고 가산을 쉴새없이 탕진하고 있어 집안 분위기가 뒤숭숭했다. 여섯 살 나와 스물두 살 오빠는 세상이 어떻게 돌아가든 상관없이 철없는 존재였다.

우리가 매일 하는 놀이는 권투 시합이었다. 스파링은 오빠네 앞마당에서 이뤄졌고, 우리는 선수이자 진행요원이자 해설자였다. 당숙모는 늘 마당을 가로질러 빨랫줄을 매고 젖은 빨래를 널어놓았는데, 시합이 있을 때면 오빠는 파란색 사각팬티를 입고 빨랫줄에서 당숙의 젖은 흰 와이셔츠를 걷어 입었다. 그러고는 밥주걱 마이크를 들고 사회자 흉내를 냈다. 반면 나는 당숙의 빨간 사각팬티를 걷어 입고 숙모가 반짝반짝 닦아놓은 동그란 양은쟁반을 머리 위로 쳐든 채 라운드걸이 되어 마당을 횡으로 뛰어다녔다. 사회자가 평상에 뛰어올라 선수를 소개한다.

"홍코너, 11승 1무 2패, 파퀴아오 조!"

나는 웃옷을 벗어던지고 평상에 올라 두 주먹을 머리 위로 흔들며 관객을 향해 괴성을 지른다.

"청코너, 21승 3무 1패, 타이슨 리!"

오빠는 자신을 소개하고 와이셔츠를 벗어 평상 위로 던진
다. 그리고 나처럼 관객을 향해 두 주먹을 들고 괴성을 지른다.
나는 재빨리 평상 밑으로 내려가 관객처럼 함성과 박수를 보낸
다. 다음 순서는 선수들끼리의 주먹 인사다. 오빠가 나를 향해
두 주먹을 내민다. 나는 다시금 평상으로 뛰어올라가 내 주먹
으로 맞이한다. 그의 주먹은 내 주먹보다 다섯 배는 컸다. 오빠
는 아무래도 안 되겠는지 빨랫줄에서 젖은 수건을 걷어 내 두
손에 감아준다.

두 주먹이 맞부딪치면 웃통을 벗어던진 나와 오빠의 세기
의 대결이 평상 위에서 시작된다. 일단 내 핵주먹에 오빠가 쓰
러진다. 그의 연기는 시합이 계속될수록 물이 오른다. 나는 쉬
지 않고 스텝을 밟는다. 그때마다 당숙의 커다란 사각팬티가
엉덩이에서 흘러내린다. 힘겹게 겨우 일어난 타이슨 리, 그의
훅이 내 턱을 강타한다. 나는 두 팔을 휘저으며 평상에서 굴러
떨어져 마당을 뒹군다. 오빠는 의기양양 두 주먹을 하늘로 치
켜들고 승자의 포효를 내지른다.

"한 방이면 끝나!"

그때 들에 나갔던 당숙모가 들어와 고함을 지른다. 나는 흙
투성이가 된 당숙의 사각팬티를 벗어 평상에 내려놓고, 벗어던
졌던 티셔츠를 찾아든 채 집으로 달아난다. 철썩철썩 오빠의
등을 내려치는 당숙모의 손바닥 매질소리가 어찌나 매서운지

가슴이 벌렁거린다. 담장 너머로 오빠의 비명이 구슬프게 넘어온다. 그 시절 그는 내게 우상이었으며 가장 좋은 친구였다.

　내가 유치원에 입학했을 때 오빠도 빵공장에 취직했다. 공장은 유치원 근처라 엄마가 바쁜 날이면 종종 오빠가 자전거로 등원을 시켜주었다. 나는 오빠의 등에 기대 그가 부르던 김광석과 들국화의 노래를 따라 흥얼거렸다. 그는 내게 자전거 타는 법을 가르쳐주었고, 또 초등학교에 입학해서 동급생과 싸우고 온 날에는 기선을 제압하는 방법을 알려주겠다며 불량하게 침 뱉는 방법과 다리 걸어 넘어뜨리기, 팔로 감아 목 조르기 기술을 가르쳐주었다. 오빠의 실습이 한참 이어지고 나는 그의 착실한 학생이 되었다.

　"이렇게 하면, 한 방이면 끝나는 거야!"

　나와 오빠는 두 주먹을 맞부딪쳤다. 마당을 쓸던 당숙모가 그걸 보고는 들고 있던 싸리비로 오빠를 내려쳤다.

　"이 호랑말코 같은 놈아! 어디 애기한테 못된 걸 가르치고 있어! 양반집에서 이런 개차반이 나와서 내가 조상님 볼 낯이 없다."

　오빠는 당숙모의 싸리비 매질을 피해 마당을 달렸고 나는 납작 엎드린 채로 살금살금 도망쳤다.

　이후 오빠는 운전면허를 따서 승합차를 샀다. 그리고 빵공장의 직원들을 출퇴근시키는 일을 맡았다. 공장은 어찌나 매출이 좋은지 3교대로 운영되었다. 그는 쉬지 않고 직원들을 실어날랐다. 간혹 길에서 오빠의 승합차가 나를 스쳐갈 때 외에는 거의 오빠를 볼 일이 없었다. 그는 길에서 나와 마주치기라도 하면 주먹을 들어 보이며 입모양으로 말했다. 나는 오빠의 인사이자 허세인 그 말을 읽을 수 있었다.

'한 방이면 끝나!'

내가 생각하기에 그때가 오빠의 전성기였다. 그가 운전하는 승합차 조수석에는 매번 예쁜 언니들이 앉아 있었고 차는 항상 반짝반짝 광이 났다. 모든 일이 잘 풀리는지 오빠의 흥겨운 휘파람소리가 담장을 넘어왔다.

그러나 반짝이는 시절은 금세 지나가버렸다. 금융위기라는 암울한 그림자가 세상을 덮었다. 빵공장이 부도가 났다. 밀린 급여를 받지 못한 노동자들이 빵공장 앞에서 시위를 했다. 그 중에 오빠도 있었다. 이듬해 당숙이 돌아가셨다. 집안이 술렁거렸다. 당숙이 남긴 거대한 빚은 조상으로부터 물려받은 농토를 담보로 한 것이었다. 그의 형제들은 상속을 거부했다. 상속될 농토보다 빚이 더 많은 까닭이었다. 그런데 오빠가 모든 농토를 상속받겠다고 했다. 모든 빚과 함께 말이다. 모두가 말렸지만 그는 고집을 굽히지 않았다.

"조상 묘가 여기 있고, 엄마와 내가 여기 사는데 몽땅 털어버리고 나면 이곳이 고향으로 느껴지겠어? 누군가는 이 땅을 지키고 살아야 고향이잖아! 그래야 나중에 돌아올 곳이 있을 게 아니겠어."

그렇게 오빠는 땅을 지켜냈다. 결혼 자금으로 모아두었던 예금을 털어 빚을 일부 갚았다. 농사를 지으며 제약회사에 취직해 물류 운송 트럭을 운전했다. 그의 노력은 가상했다. 그러나 당숙이 남긴 빚은 줄기는커녕 빠르게 늘어났다. 결국 땅이 넘어갔다. 선산과 담보 잡히지 않은 땅은 큰오빠가 사업자금으로 가져갔다.

그다음으로 결혼을 약속했던 연인이 오빠를 떠났다. 오빠는 만취한 상태로 운전대를 잡았다. 그날은 낮부터 술을 먹었고 나중엔 몸을 가눌 수 없을 정도였다. 그러나 본인은 운전대를 잡은 사실을 기억하지 못했다. 그가 발견된 곳은 큰길가 농지 수로였다. 지나가던 화물차가 수로에 반쯤 처박힌 승합차를 발견해 신고했다. 출동한 경찰과 구조대에 의해 운전자는 병원으로 이송되었다. 오빠는 병원에서 정신을 차렸다. 다행히 몸에는 큰 부상이 없었다. 하지만 처벌이 기다리고 있었다. 면허 취소와 벌금이 부과되었으며 회사에서 해고를 당했다. 할부가 남았던 승합차는 폐차해야 했다.

그날 그의 인생도 수로에 처박혔다. 그는 끝내 재기하지 못했다. 링 위에 주인공으로 설 기회가 완전히 사라져버린 것이다. 이후 오빠는 한 번도 내게 주먹을 들어 인사하지 않았다. 중학생이 된 나는 오빠와 마주치면 꾸벅 고개 숙여 인사하고 지나칠 뿐 예전처럼 반가운 마음이 들지 않았다. 그는 매일 취해 있었다. 취하지 않고는 살 수가 없는 모양이었다. 그에게 남은 것은 늙은 노모와 감당 안 되는 빚더미, 손바닥만한 땅뙈기가 전부였다.

읍내에서 술에 취한 오빠를 보는 날이 많아졌다. 일용직 용역을 나갔다가 선술집에서 한잔하는 모양이었다. 땀과 먼지에 뒤덮인 몰골로 술에 취해 주정을 부리는 그가 창피했다. 멀리 오빠가 보이면 길을 돌아가거나 알아보지 못하게 고개를 푹 숙이고 지나쳤다.

어느 날 친구들과 장난을 치며 지나가는데 오빠가 나를 불러 세웠다. 그토록 피해 다녔는데, 운이 없는 날이었다. 인상을 구기며 바라보니 오빠는 주머니를 뒤져 흰 봉투를 꺼냈다. 오늘 받은 일당이었을 것이다. 나는 됐다며 뒷걸음질쳤다.

"이 기집애가 오빠가 부르면 얼른 뛰어와야지! 이제 컸다고 반항하냐? 쪼그만 게."

나는 이미 오빠보다 머리 하나는 더 컸으므로 그는 나를 올려다보며 말했다. 얼마나 마셨는지 혀는 잔뜩 꼬이고 눈도 반쯤 감긴 채였다. 화장실이라도 다녀오는 길이었는지 바지 지퍼가 반쯤 내려가 있었다. 나는 고개를 돌려버렸다.

"이 자식이! 너 알지? 오빠가 한 방이면 끝내는 거."

내가 혀를 차며 돌아서자 오빠가 지폐 두 장을 내 손에 억지로 쥐여주었다.

"됐어!"

"됐긴 뭐가 돼? 떡볶이 사 먹어! 집에 늦지 않게 들어가고."

"웃기시네. 오빠나 잘해."

"빨리 가, 기집애야. 알지? 오빠는 한 방이면 끝나는 거."

친구들 앞에 서 있던 나는 얼굴이 빨개졌다. 성질 같아서는 오빠의 면전에 지폐를 던져버리고 싶었다. 하지만 그럴 수 없었다. 하루종일 고생한 오빠가 가여웠다. 안 받겠다 실랑이를 하는 동안 지폐가 구깃구깃 초라해졌다. 꼭 오빠 같았다.

그의 현실은 더욱 최악으로 다다랐다. 정부에서 다른 나라와 농산물 무관세 협약을 맺었다. 쌀값이 폭락할 것이다, 이제 농사를 지어봐야 미래가 없다는 소식에 주말이면 농부들이 서울로 올라가 시위를 벌였다. 국가는 농토를 휴경하면 보조금을 주겠다는 대책을 내놓았다. 그것은 토지주들을 위한 대책이었지 소작농들을 위한 것이 아니었다. 이윽고 시위는 지역까지 내려왔다.

그날 나는 버스 안에 있었다. 정체될 일 없는 시골 읍내에 길게 차가 늘어섰다. 앞에 무슨 일이 있는 모양이었다. 기사는 운행이 불가능할 것 같으니 하차하라고 말했다. 승객들이 웅성거리며 버스에서 내려 앞으로 향했다. 나도 무리에 끼어 앞으로 걸어갔다. 멀리 사람들이 모여 있고 아스팔트 도로 위에 탈곡된 벼이삭이 산처럼 쌓여 있었다. 농기계들이 4차선 길에 늘어서 도로를 점거하고 순찰차 앞을 가로막았다. 몇몇 아저씨들이 손에 기름통을 들고 벼이삭 위로 올라 시위 구호를 외쳐댔다. 붉은 노을이 황금색 알곡 위에 내려앉았다. 누군가 알곡에 기름을 뿌려댔고 경찰이 다가가자 자신의 몸에도 기름을 부었다. 기름통을 든 후발대가 선발대를 향해 다가갔다. 나는 정신없이 뛰어갔다. 멈칫멈칫 사내들을 따라가는 익숙한 그림자 하나를 발견했기 때문이다.

알곡에 불이 붙었다. 연기가 사방을 뒤덮었다. 나는 오빠를 잡아다 구경꾼들 사이로 끌고 갔다. 내가 미쳤냐고 소리치자 오빠는 멍하니 바닥만 바라보며 중얼거렸다.

"기석이가 머릿수만 채우면 일당을 준다고 해서……. 난 이렇게까지 진행될 줄 몰랐는데……."

작고 초라하고, 또 겁 많은 사내가 내 앞에서 떨고 있었다. 나는 오빠가 너무도 한심해 잠시라도 같이 있고 싶지 않았다. 경멸의 눈으로 오빠를 쏘아보다가 그 자리를 떠났다. 그날 이후 나는 오빠를 없는 사람 취급하며 인사조차 하지 않았다. 그러나 듣고 싶지 않아도 그의 몰락 소식은 내게 전해졌다.

연체가 계속되자 모든 농토가 넘어갔다. 당숙모는 자신의 퇴직금을 정산해 오빠에게 트랙터를 사주었다. 그는 소작농들이 부리는 일꾼이 되었다. 어른들은 오빠의 얼굴이 좀 편해 보인다고 했고 술도 좀 덜 마시는 것 같다고 말했다. 좋은 소식이 들려왔다. 오빠가 색시를 데려다 살림을 차렸다는 것이다. 마을 사람 모두가 잘된 일이라며 한마음으로 축하했다.

그리고 가을날, 마당에 떨어진 은행잎을 쓸다 오빠의 통곡을 들었다. 담장 너머로 들려오는 오빠의 통곡은 내가 마당을 다 쓸 때까지 이어졌다. 얼마 전부터 여자가 눈에 띄지 않았다. 그리고 오빠의 마지막 재산인 트랙터가 사라졌다. 오빠는 모든 걸 다 바쳐서라도 그 사람을 붙잡고 싶었다고 말했다. 그에게 남은 것은 또다시 빚이었다. 신용대출로 받은 막대한 빚. 취하지 않고는 견딜 수가 없었을 것이다. 길에 쓰러져 잠든 오빠를 부축해 일으켰다. 그를 향한 내 감정은 연민에서 시작된 서글픔이었다.

그는 알코올성 당뇨로 몇 차례 입원을 했다. 나는 열다섯에 발병한 질병으로 시력을 잃어갔고 재활과 취업으로 한동안 고향을 떠나 있었다. 시골집에 내려가야 했던 것은 갑작스러운 엄마의 부고 때문이었다. 장례를 치르고 고향집을 정리하기 위해 며칠간 머물러야 했다. 친척들이 있어서 내가 할 일은 거의 없었다. 오빠도 일을 나가지 않고 집 정리를 도와주었다. 당시 오빠는 외국에서 새언니를 데려와 살림을 차렸고 택시로 생계를 유지하고 있다고 했다. 마음을 잡고 사는 것처럼 보였다.

할머니가 다 돼버린 당숙모는 내 얼굴을 볼 때마다 주저앉아 통곡을 해서 작별인사도 제대로 못하고 고향집을 떠나야 했다. 오빠는 나를 읍내 시내버스터미널까지 데려다주었다.

"가서 힘들면 언제든 전화해! 알지? 오빠가 한 방이면 끝나는 거!"

오빠는 내 손을 꽉 잡아주며 말했다. 그게 그와 나눈 마지막 시간이었다.

그를 발견한 건 노모였다. 그녀는 앞마당에 차가 정차하는 소리를 들었다. 아들이 퇴근한 것이겠거니 여기며 가스불에 국냄비를 올렸다. 한참을 기다려도 아들이 들어오지 않자 TV 앞을 지키고 있는 새며느리에게 신랑을 마중나갔다 오라고 말했다. 며느리는 시어머니의 말을 못 들은 척 리모컨으로 채널만 돌려댔다. 기껏 식탁에 차려놓은 음식이 싸늘히 식어갔다. 결국 당숙모가 뻣뻣한 몸을 이끌고 마당으로 나갔다. 오빠는 운전석 옆에 쓰러져 있었다. 심장마비였다. 노모의 울부짖음에 며느리가 달려나왔다. 119에 신고했지만 구급대가 도착하기 전, 오빠는 이미 사망한 상태였다.

자손이 없었던 그는 선산 한 귀퉁이에 뿌려졌다. 겨우 48년의 생애를 살다 간 것이다.

　평상에 당숙모와 나란히 앉았다. 관절이 제멋대로 구부러지고 주름진 손이 내 손을 잡고 있었다. 나는 당숙모를 위로하고 싶었다. 평상 위에 올라서 하늘을 향해 두 주먹을 내뻗으며 내 젊은 영웅을 흉내내본다.

　"한 방이면 끝나!"

　두 주먹으로 흐르는 눈물을 닦았다. 따뜻한 손이 가만가만 내 등을 쓰다듬었다.

　당숙모가 쓰다듬는 것은 철없던 우리의 과거였다.

정지된 도시

3년 전, 코로나바이러스가 한창일 때의 일이다.

온 세계를 잠식한 바이러스는 일주일 간 도시를 멈춰 세웠다. 식료품 판매점을 제외한 모든 다중 이용시설이 문을 닫았다. 외출 자제 명령이 내려졌고, 내가 살고 있는 오피스텔에는 층간소음 주의 방송이 수시로 흘러나왔다. 밖은 고요한데, 실내가 소란스러워졌다.

초인종이 울렸다. 수미씨가 방문하는 날이었다. 수미씨와 내가 활동지원사로 인연을 맺은 지 어느덧 4년째 되던 시기였다. 그녀는 내가 아는 한 세상에서 가장 선한 사람이다. 그녀와 나의 관계는 빛과 그림사 같다.

그날의 수미씨는 심통 난 어린아이같이 격한 감정을 몰고 왔다. 그녀는 냉장고에서 생수를 꺼내 자신의 전용 컵에 가득 따라 벌컥벌컥 소리 내 마셨다. 속 타던 마음이 조금은 진정됐는지 만나지 못한 이틀간의 안부를 물었다. 나는 아주 잘 지내고 있었다고 말했다.

"오늘 날이 얼마나 좋았는지 몰라요. 하늘은 코발트색이고 나무들은 건강한 이파리로 짙푸른 녹색의 그늘을 만들고 있어요. 자전거를 타고 오는 길에 운동하는 외국 남자를 봤는데 얼마나 멋있었는지 몰라요. 그이들은 거적때기를 입고 있어도 모델 같아 보여요."

그녀는 자신이 보았던 세상을 내게 끊임없이 설명해주고 싶어한다. 그것이 자신의 사명감이라고 생각하는 것 같았다.

"준비하고 나랑 나가요. 잠깐이라도 바깥바람을 쐬어야죠. 먹을 건 있어요? 마트도 가야죠?"

그녀가 냉장고 안을 살폈다.

"주민센터부터 들러야 해요." 내가 말했다.

"6시면 닫을 텐데요? 볼일이 있었으면 좀 빨리 오라고 연락하지 그랬어요."

주민센터는 집에서 길만 건너면 바로다. 예상대로 주민센터는 아직 문을 열고 있었다. 재난지원금 신청이 시작된 첫날이었다. 담당 공무원의 지치고 짜증난 태도로 보아, 하루종일 얼마나 시달렸는지 보지 않아도 알 것 같았다. 창구에 민원인들이 아직 한두 명 남아 있었다. 일하는 사람들에게는 미안하지만 종료시간을 아슬아슬하게 남기고 방문한 것은 다분히 의도적이었다. 이 시간에 방문해야 붐비지 않고 처리도 신속하기 때문이다. 신청서를 작성하고 수미씨와 주민센터를 나선 것은 6시 15분이었다.

"내 주변에 재난지원금을 받는 사람이 있구나!"

수미씨는 무척 신기한 듯 말했다. 나는 조금 빈정이 상했다. 그러나 그녀의 말에 다른 의도는 없으며 정말로 신기해서 그리 말했을 걸 알기에 혼자 마음을 풀었다.

"공무원이 얼마나 눈을 부라리고 있었는지 알아요? 우리, 다음엔 늦지 말아요."

그녀는 내 영악함을 의심하지 않았다. 수미씨는 좋은 사람이다. 존경받을 만한 부모님, 성실한 남편, 공부 잘하는 두 자매를 가진 행복한 여성이다. 장애인 활동지원사라는 직업도 생계가 목적이 아니라, 사회공헌을 하겠다는 큰 뜻으로 시작한 사람이다. 삶의 결이 나와는 다른 사람. 그녀는 내게 늘 진심이다. 나는 그런 그녀가 좋으면서도 불편하다. 적당히 거리를 두고 때론 마음의 상처를 주고받는다. 서로에게 악의가 없기 때문에 지금의 관계가 유지되고 있다.

우리는 곧바로 마트로 향했다. 대형 마트는 걸어서 20여 분의 거리에 있다. 수미씨는 이틀간 겪었던 이해할 수 없던 일에 대해 말했다.

"어제오늘 다른 시각장애인분의 활동지원을 다녀왔어요. 지원사가 코로나 밀접 접촉자라 격리에 들어갔다고 해서 급하게 내가 배정되었거든요. 30대쯤 되는 남성이었는데, 깜짝 놀랄 정도로 엄청 거구였어요."

수미씨가 이어서 남자의 남루한 행색을 설명했다.

"머리에는 까치집을 짓고 목이 다 늘어난 티셔츠는 언제 갈아입으신 건지 얼룩지고 지저분했어요. 옷 군데군데 개털인지 고양이털인지 덕지덕지 붙어 있고. 보자마자 부모가 방치하고 있다는 걸 알았죠. 마음 같아서는 집으로 들어가 옷을 갈아입게 도와주고 싶었는데 어제 내가 맡은 일은 이발과 쇼핑 도우미였어요."

사실 다른 사람 이야기는 별로 듣고 싶지 않았다. 타인에게 딱히 관심도 없거니와 내밀한 사생활을 아는 것이 불편했다. 그러나 수미씨를 좀 참아주기로 했다. 인내는 사회생활의 기본이니 말이다.

"그분은 한끼도 못 먹었다며 제과점부터 가자고 하셨어요. 그러고는 크림빵을 열 개는 샀는데, 계산이 끝나기 무섭게 그 자리에서 봉지를 뜯는 거예요. 지금 실내 섭취가 안 되니 잠깐

만 참으시라 해도 그새를 못 참으시더라고요. 간신히 밖으로 모시고 나와 길거리에 서서 빵을 드시게 했어요. 게걸스럽게 네 개를 숨도 안 쉬고 먹어치우더라고요. 사실 개인 신상을 묻지 말아야 하는데 묻지 않을 수가 없었어요. 그래서 누구와 거주를 하시냐고 물었어요."

그는 부모와 함께 거주했다. 이틀 전 부모가 코로나바이러스를 피해 키우던 고양이를 데리고 시골에 사는 누이 집으로 내려가버렸다. 그는 집을 홀로 지키고 있었다. 수미씨는 이해하지 못했다. 단독생활이 되지 않는 장애 자식만 두고 자기들만 살겠다고 피난을 떠난 이들에게 화가 났다. 수미씨의 격렬한 숨이 마스크를 들썩이게 했다. 반대로 나는 쓰고 있던 마스크를 코에 밀착시키려고 꼭 눌렀다. 수미씨의 분노가 이해되지 않는 것은 아니었다. 다만 나는 익숙해서 별스럽지 않았다. 부모에게 방치되는 장애 자녀가 한둘이던가? 그나마 가정에서 내쳐지지 않은 것이 어딘가 말이다.

그때 작은 턱에 발끝이 걸려 몸이 휘청했다.

"어머! 미안!"

수미씨가 곧장 사과했다. 나는 잡고 있던 수미씨 팔을 꼭 쥐었다. 가이드에 신경쓰라는 말없는 질책이었다. 곧 감정을 다스렸는지 목소리가 차분해졌다. 그러나 여전히 눈치는 없었다. 정말이지 듣고 싶지 않은 그 나머지 이야기를 고집스럽게 다시 이어갔다.

"이발을 하고 나서 주변 산책을 좀 시켜드렸어요. 잠깐 걸었는데 숨을 어찌나 씩씩 쉬시던지. 집에 다시 모셔다드리는데 편의점에 들러 도시락을 여러 개 사시겠다고 하더라고요. 나는 도시락은 몸에 좋지 않으니 시장을 봐서 내가 음식을 좀 해드리겠다고 말했어요. 그랬더니 집에 타인이 드나드는 것을 부모님이 싫어하신다고 거절하는 거예요. 그러고는 자기는 편의점 도시락이면 충분하다며 해맑게 웃으시더라고요!"

드디어 내 인내심이 바닥났다.

"……나 언제까지 이 이야기 들어야 해요?"

퉁명스럽게 짜증을 냈다. 그러자 수미씨는 이제 다 왔다며 반대쪽 손으로 내 손을 다독였다. 전혀 다른 방향으로 해석해내는 그녀의 엉뚱함에 웃어버렸다.

"그런데요, 오늘 그분 어머니를 보는 순간 혼란에 빠졌어요. 오늘은 그분 모시고 병원에 갔다가 돌아오는데 멀리서 그분 이름을 부르며 어떤 여성분이 다가오는 거예요. 얼마나 멋쟁인지 찰랑이는 검은 단발머리에 짝 달라붙는 골프웨어를 입은 게, 마치 골드미스 같았어요. 근데 그 사람이 엄마라는 거예요. 나는 도통 믿기지 않아 어버버거리면서 한참을 그냥 서 있었다니까요. 내가 대타가 아니었으면 그 사람한테 한마디하는 건데. 자기 꾸밀 시간에 아들을 챙겨야지! 부모가 돼서 어찌 그럴 수 있나. 세상 별사람 다 있다니까요."

수미씨의 분노가 다시 마스크를 뚫고 나왔다.

"그게 그렇게 충격받을 일이었어요?"

"그럼요. 성치 못한 자식을 더 챙기고 희생해야지! 그게 진정한 부모의 역할 아니겠어요? 내 상식으로는 도무지 이해되지 않아요."

나는 수미씨의 올바름에 화가 났다. 그녀는 결핍을 모르는 사람이다.

"수미씨, 수미씨는 장애인 자식 없어봤잖아요. 그래본 적 없으면서 희생하지 않는다고 헐뜯을 자격 있어요?"

내가 쌀쌀맞게 쏘아붙였다. 그녀가 뚝 걸음을 멈춰 섰다. 내 비난에 몹시 충격을 받은 듯 얼어붙었다.

"모든 사람이 부모를 존경하진 않아요. 또 존경할 만한 부모 밑에서 태어날 수도 없고요. 세상에 수미씨 부모님 같은 분만 있다고 생각하지 말아요. 편협한 사고예요."

나는 자기 안위밖에 몰랐던 내 아버지라는 사람을 떠올렸다. 그는 엄마가 돌아가시자 본인이 살림을 하겠으니 생활비를 내놓으라고 윽박질렀다. 나는 무시해버렸다. 지금도 돈이 필요하면 이따금 연락을 해오지만 나는 받아주지 않는다.

"내가 오만했어요. 난 그래본 적 없죠. 함부로 남을 재단해서는 안 됐는데……."

수미씨가 우는지 코가 맹맹했다. 사실 4년이라는 시간 동안 나는 그녀를 벌써 몇 번이나 울린 전적이 있다. 티 없이 해맑은 사람은 종종 악의 없이 상처를 줬고, 나도 내가 받은 만큼 수미씨에게 상처를 주고 싶었다. 그 결말은 대체로 수미씨의 눈물로 끝난다. 나는 죄책감 때문에 그녀의 팔을 잡고 있는 것이 불편해졌다. 우리는 대화 없이 목적지로 향했다.

마트에 도착하자마자 입구에서 스마트폰을 열어 바코드를 찍고 입장했다. 손 소독을 하고 직원이 건네주는 카트를 받았다. 수미씨는 세일하는 과일과 새로 나온 신제품들을 읽어주었다. 상처받지 않은 것처럼 씩씩한 목소리였다. 그녀는 누구보다 친절한 사람이다.

"얼마나 세상이 궁금하겠어요. 아무것도 아닌 일들을 못하니 답답하겠죠."

말로 하는 설명을 내가 이해하지 못하면 그녀는 물건을 집어 손에 쥐여주었다. 만져볼 수 없는 생물은 손바닥에 모양을 그려주거나 머릿속에 형상을 떠올릴 수 있게 묘사해주었다.

"오늘은 전복이 참 좋네요. 닭 한 마리 사다 전복 넣고 삼계탕을 좀 끓여줄까요?"

"아뇨."

"그럼, 오랜만에 소고기를 좀 사다 구워줄까요?"

"별로 먹고 싶지 않아요."

그녀의 제안들 대신 나는 카트에 라면과 번데기통조림을 담았다. 식빵과 딸기잼을 사고 유제품 판매대로 향했다. 판매대 옆에는 유통기한 임박 상품이 한쪽에 진열돼 있었다. 반값 할인하는 물건은 그리 많지 않았다. 수미씨가 우유와 요구르트, 치즈가 한두 개씩 있다고 말했다. 나는 모두 카트에 담아달라고 말했다. 그러자 수미씨가 망설였다.

"우리가 몽땅 집어가도 될까요? 다음 사람들을 위해 하나씩만 사는 게 어떻겠어요?"

나는 또다시 그녀의 선한 마음에 감정이 상했다.

"그 물건, 공짜 아니고 제가 돈 주고 사는 거예요."

"그렇지만 마트에서 미끼 상품으로 내놓은 것 같은데 홀랑 다 집어가는 것은 좀 민망하네요. 그리고 이왕이면 신선한 것, 좀 좋은 걸 먹는 게 어떨까요?"

"수미씨! 난 수미씨와 다른 사람이에요. 50프로 할인하는 상품이 내 수준에 맞는 소비예요. 크고 좋은 거 하나보다 작고 양 많은 것이 내게는 적합한 거예요. 세일 상품을 담는 게 창피하다면 앞으로 쇼핑은 수미씨와 하지 않을게요."

보이지 않지만 풀죽은 수미씨가 카트에 물건을 담는 모습이 그려졌다.

"……난 가끔 승리씨와 같은 곳을 바라보지만, 다른 걸 보고 있다는 생각이 들 때가 있어요. 내가 실수했어요. 나는 승리 씨의 눈 역할만 하면 되는데 내 주관을 주입하려 했어요."

나는 정오의 태양이 싫었다. 태양이 가장 높을 때 내 그림 자는 가장 초라하게 쪼그라들기 때문이었다. 나는 수미씨가 좋다. 그러나 자주 만나고 싶은 생각은 없다. 그녀 옆에 서 있다가는 내 삐뚤어진 마음이 더 도드라지게 튀어나와버리고, 나는 그런 내 자신을 혐오하고 만다.

수미씨를 돌려보내고 샤워를 길게 했다. 에어컨을 켜고 인 공지능 스피커로 파도소리를 재생시켰다. 창 앞에 의자를 가져 다두고 진한 커피를 마셨다. 습관처럼 창밖을 내다본다. 내게 는 밤과 낮의 경계가 없다. 단지 시간으로 밤과 낮을 구분할 뿐 이다. 나를 좋은 사람이라 했던 어떤 선배는 밤에는 밤의 냄새, 낮에는 낮의 냄새가 난다고 했다. 나는 비웃었다. 냄새는 시간 에 따라 바뀌는 게 아니라 방향에 따라 달라지는 것이다.

다리를 끌어안고 몸을 동글게 말았다. 파도소리에 귀를 기 울이며 몸을 앞뒤로 흔들었다. 나는 마모된 몽돌이다. 까맣고 동그란 몽돌. 바다는 나를 끌어당겼다가 멀찍이 밀어놓기를 반 복한다. 누구에게나 불행을 견디는 방법이 있을 것이다. 나는 이렇게 불행을 참아내고 있다.

위층에서 쿵 하는 소리, 옆집에서 깔깔거리는 소리가 넘어왔다. 기다렸다는 듯 관리소장이 층간소음을 주의하자는 방송을 했다. 그도 못해먹겠는지 목소리에 분노가 차 있었다.

어느 날 수미씨가 내게 언제 가장 행복한지를 물은 적이 있었다. 나는 불행을 잊고 있을 때 행복하다고 대답했다. 수미씨는 장애가 불행의 원인이라 생각하느냐고 물었다. 나는 눈이 먼 게 불행한 게 아니라 이 상태로 영원히 살아가야 한다는 게 진짜 불행이라고 말했다.

곧 바이러스는 진정될 것이다. 세상은 예전의 일상으로 차츰 복귀해나갈 거다. 내 기준으로 팬데믹은 진짜 불행이 아니다. 그것에는 끝이 있기 때문이다.

어느 층에서 결국 싸움이 났다. 참다못한 아래층 사람이 뛰어올라온 모양이었다. 겨우 몇 달 마음대로 돌아다니지 못한다고 답답해 미치겠다는 사람들에게 말하고 싶었다. 누군가는 평생을 그리 살기도 한다고. 방구석에서 자유를 상상하며 자기위안에 빠져 평생을 사는 이들이 있다고.

이제는 앞뒤로 흔들던 몸을 좌우로 흔든다. 몽돌은 수심 깊이 가라앉는다.

나는 갑자기 행복해졌다. 정지된 도시 속 건물의 소음이 내 불행을 달래주는 밤이었다.

3부

유령남매

그녀는 추석 전날 만난 고객이었다. 자기 일에 회의가 든다며 전날 자신에게 일어난 일을 지친 듯 말했다.

"추심 일을 20여 년 했어요. 현장에 가면 진짜 돈이 없어 갚지 못하는지 아닌지 바로 알 수가 있죠. 나는 주로 법인, 그러니까 큰 건을 맡아 서류 싸움을 하는데 어제는 신입으로 입사한 친구를 데리고 현장에 좀 다녀와달라는 상사의 지시에 어쩔 수 없이 현장에 나갔어요."

채무자는 여러 곳에 단란주점을 운영하던 사람이었다. 마지막 전입 주소는 그가 운영하던 지하 단란주점. 채권자는 그 건물의 건물주였다.

"주점은 코로나 때문에 3년째 문을 닫았고 보증금은 이미 다 까먹고도 열 달은 월세가 밀린 채였어요. 채무자와는 당연히 연락이 끊어졌고 건물주와는 한때 형님 동생 하며 가까이 지냈는지 개인 부채도 있었어요. 현장에 나간다고 해도 채무자를 만날 수도 없을 것이며 별 소득 없이 돌아올 것이 뻔했지만, 신입 직원에게 현장을 보여주고 싶어 출장을 나갔죠. 그런데 말이죠, 그 지하에 사람이 있는 게 아니겠어요?"

가보니 놀랍게도 채무자의 자식 남매가 그곳에서 살고 있더란다. 전기도 수도도 모두 끊어진 굴속 같은 곳에서 두 아이가 초등학교에 다니면서 생활하고 있었다. 지하니 당연히 공기는 퀴퀴하고, 빛이라곤 휴대용 랜턴이 전부인 그곳에서 말이다.

"두어 달 됐다고 하더라고요. 아버지는 일주일에 한두 번 나타나서 용돈을 주고 간대요. 그걸로 끼니를 해결하면서 곰팡이 핀 소파에서 먹고 자면서 지내온 거죠. 그 와중에도 학교에 빠지지 않고 나갔다고 하더라고요. 그 얘길 들으니 애들이 어찌나 짠하고 기특한지. 순간 내 직업에 대한 회의가 물밀듯 덮쳐오더라고요."

그녀의 이야기가 깊은 인상을 남겼기 때문일까. 나는 내가 아는 남매를 떠올렸다. 이미 너무 오래되어 이름도 얼굴도 제대로 기억에 남아 있지 않은 아이들이었다. 사실 그 남매는 오랫동안 나에게 풀리지 않는 수수께끼였다. 그러나 그녀가 들려준 두 아이의 상황을 듣고 나니 비로소 오래된 의문이 풀리는 듯했다. 내가 아는 남매도 당시에 비슷한 환경이 아니었을까 하는 생각이 들었던 것이다.

남매 이야기를 하기에 앞서 나는 그 시절의 내 이야기를 먼저 하려 한다. 내가 중학교에 입학하던 그해는 금융위기라는 국가부도로 내 나라도, 내가 속한 가정도 붕괴 상태였다. 아버지 회사 사주가 1년 치 월급과 퇴직금을 지불하지 않고 차일피일 시간을 끌었다. 아버지는 실업자가 되어 집안에 들어앉았다. 평생을 주말 부부였던 엄마 아버지가 함께 지내기 시작하니 싸움이 왕왕 벌어졌다. 나도 나대로 불만이 쌓였다. 엄마는 내가 중학교 교내 시화전에서 금상을 받아도 표구값을 내주지 않았고, 수련회 비용도 주지 않았다. 학급에서 수련회에 가지 않는 사람은 나뿐이었다. 담임선생님은 수련회에 가지 않아도 출석은 해야 하니 정해진 시간에 등교해 교무실에서 다른 선생님들의 지도를 받으라고 했다. 창피하다는 생각이 들었지만 엄마의 말대로 수련회에 가봤자 별것 없다는 사실을 알고 있었기에 속이 상하지는 않았다.

교무실로 등교하자 그 애도 내 옆에서 학생주임 선생님께 출석체크를 받고 오늘 할 일을 시시받았다. 수련회에 가지 못한 우리 학년의 아이들은 총 다섯이었는데, 셋은 병가였고 우리 둘은 집안 사정이었다. 첫날에 나와 그 애는 상담실을 청소하고 가정통신문을 인쇄해 다른 학년의 반마다 학생 수에 맞게 나누고는 12시에 하교했다. 우리는 종일 데면데면하게 지냈다. 그랬는데 하굣길에 교문 앞에서 그 애가 인형을 뽑으러 가자는 게 아닌가. 그 애를 따라갔다. 사실 나는 인형 뽑기 따위엔 관심이 없었다. 집에 빨리 가고 싶지 않아 따라나선 것이었다.

그 애는 정말 어처구니없을 정도로 인형 뽑기를 못했다. 금세 돈이 다 떨어졌는지 내게 돈을 빌려달라고 졸랐다. 나는 돈을 빌려주면 못 돌려받을 것임을 알았기에 없다고 거절했다. 오락실을 나온 뒤 둘이 읍내를 정처 없이 걸었다. 손목에 찬 시계를 확인했다. 시간은 평소보다 느리게 흘러갔다. 반이 달랐던 그 애와는 나눌 만한 화젯거리가 없었다. 그렇게 읍내를 휘젓고 다니다 초등학교가 하교를 시작했는지 길에 꼬맹이들이 쏟아져나오는 걸 보았다. 그 애가 한 아이를 소리쳐 불렀다.

땅꼬마 주제에 크기에 맞지 않는 다저스 야구모자를 쓰고 있었다. 아이가 우리 쪽으로 달려왔다. 그 애가 자기 동생이라며 내게 인사시켰다. 나는 얼결에 꼬맹이와 통성명했고 그러다 그 애들의 집까지 따라갔다.

그 애들이 사는 곳은 읍내의 외곽 3층 상가였다. 1층은 배달 전문 치킨집과 인테리어가게, 2층은 피아노학원, 3층이 그 아이들의 집이었다. 사실 그곳을 집이라고 해야 할지 모르겠다. 내부는 패널로 방을 구분지어놓았는데 벽과 천장 사이에 공간이 떠 있어 공사장 느낌이 강했다. 바닥은 시멘트 그대로여서 신발을 신고 다녔다.

방은 꽤 여러 개로 나뉘어 있었는데 두 사람은 첫번째 방에서만 생활하는 모양이었다. 방안은 어지러웠다. 한쪽에 침대로 보이는 침상이 있고 벽 쪽에 옷을 거는 행거와 나무옷장, 빨래건조대가 두서없이 늘어서 있었다. 어디서 주워왔는지 파라솔 테이블과 의자가 한구석을 차지했다. 테이블 위에는 휴대용 가스버너와 냄비 하나, 새카맣게 탄 프라이팬이 지저분하게 널브러져 있었다.

나는 방을 쓱 둘러보고 동급생을 따라 방 밖으로 나갔다. 계단을 오르니 왼쪽 벽에 냉장고가 있었다. 전기 콘센트가 그쪽에만 있는지 전자제품으로 보이는 몇몇 가전이 그곳에만 있었다. 그래봤자 오래된 카세트라디오와 밥솥뿐이었지만. 화장실은 2층과 3층 계단 중간에 공동화장실을 이용해야 했다. 설거지도, 식수도, 샤워도 그곳에서 해결하는 듯싶었다.

나는 얼결에 남매가 쥐어준 냄비를 닦았고 물을 받아 휴대용 버너 위에 올렸다. 내 동급생은 어디서 꺼내왔는지 라면 세 봉지를 끓여 내게도 나눠주었다. 어묵에 만두까지 든 푸짐한 한끼였다.

수련회 기간이었던 사흘간의 내 일과는 일정했다. 아침에 교무실에 들러 출석체크를 받고 그 아이의 집에 가서 종일 지내다가 오후 5시에 버스를 타고 귀가하는 거였다. 엄마 몰래 쌀과 김치를 싸다주기도 하고 학교 앞 문방구에서 불량식품을 한 보따리 사다 그 애의 동생에게 안겨주기도 했다. 그 애와 속 깊은 이야기를 나눈 것도 아니고 딱히 잊지 못할 추억을 만든 것도 아니다. 그렇게 수련회 기간이 끝나고 우리는 서로의 반으로 돌아갔다. 그후 남매를 만나 이야기를 나눠본 적도 없다.

그렇게 1학기가 지나갔고 어느새 추석 명절을 맞았다. 나는 명절이 싫었다. 철이 들자 외가 집성촌에 더부살이하듯 사는 우리 가족의 처지가 부끄러웠기 때문이다. 아버지는 명절마다 술에 취해 동네 사람들과 시비가 붙어 분란을 일으켰다. 명절은 후유증까지 낳았다. 연휴가 끝나면 어김없이 엄마의 고성이 집안을 들썩였다. 평소에는 쫄딱 망해 처가살이하는 아버지의 기를 살려준다며 아버지를 떠받들고, 웬만한 일에는 아버지를 향해 화를 내지 않는 엄마였다. 하지만 아버지가 실직 상태로 근 1년간 일을 구하려 하지 않자 인내심이 바닥난 것 같았다.

학교를 다녀오니 아버지 구두가 사라져 있었다. 엄마의 분위기를 보아 묻지 않아도 있었던 일이 유추되었다. 나는 엄마 눈치를 슬금슬금 살피며 큰댁에 갔다. 큰 외당숙모는 안 그래도 부르러 가려 했는데 때마침 잘 왔다며 물에 불린 쌀을 채반에 건져 물을 뺐다. 송편을 빚을 쌀이었다. 나는 스쿠터에 쌀을 싣고 방앗간에 가서 쌀가루를 빻아왔다. 외당숙모는 만 원을 주셨다. 쌀을 빻는 공임은 삼천 원이었다. 잔돈은 내 수고비란다. 나는 두어 번 사양하다 못 이기는 척 주머니에 챙겼다.

다음은 수양 할머니 댁으로 갔다. 할머니도 쌀을 건져놓고 나를 기다렸다. 역시 만 원을 주시고 거스름돈은 내게 용돈으로 주셨다. 그다음은 옆집 할머니 차례였다. 할머니는 늘 오천 원이었다. 방앗간 아주머니는 연신 배달을 오는 내게 기특하다며 다른 집 쌀보다 내가 가져간 쌀을 먼저 빻아주었다.

옆집 할머니는 작년에 거스름돈 이천 원을 내드리자 홀랑 주머니에 넣고 고맙다는 인사로 때웠다. 이번에도 분명 그럴 줄 알았지만, 내가 대청에 쌀가루 바구니를 옮겨놓고 거스름돈을 내주자 받지 않으며 수고비로 넣어두라고 하셨다. 나는 체면을 따지지 않고 두말없이 고개 숙여 감사하다 인사하고는 거스름돈을 챙겼다.

마지막으로 우리 쌀가루를 가지러 스쿠터에 올랐다. 엄마는 이 와중에도 떡을 빚을 모양인지 고물을 만들고 있었다. 내가 방앗간 공임 삼천 원을 달라고 하자 지갑에서 오천 원을 꺼내주면서 말했다.

"하루종일 동네 머슴 하느라 고생했어."

나는 얼른 돈을 받아 주머니에 넣었다. 작년에 엄마는 거스름돈 받아 챙긴 거로 대신하자며 방앗간 공임을 떼먹었다. 그걸로 명절 내내 나와 실랑이를 했는데 급기야 키워준 값 내놓으라며 추석에 받은 용돈을 몽땅 빼앗았다. 이런 과거가 있는지라 나는 혹시 엄마 마음이 바뀔까 싶어 눈치를 보며 물었다.

"솔이라도 뽑아올까?"

"낼모레가 추석인데 지금 솔을 뽑아서 뭐 하니? 2주 전에 다 뽑아서 씻고 말려놨어. 네 방이나 깨끗이 치워라. 이모네가 이번엔 이틀을 자고 간대."

순간 폭발했다. 나는 인상을 찌푸리며 신경질을 냈다.

"또? 이틀이나! 진짜 짜증나! 난 어디서 자라고? 이번엔 방 양보 안 해!"

"까불지 말고 가서 청소나 해. 앞마당에 고추 말려놓은 것도 걷고! 엄마, 바빠 죽겠어. 몸을 열 개로 쪼개도 될까 말까야. 좀 도와!"

나는 대답하지 않고 방문을 걷어차고 나갔다.

명절이면 엄마는 누구보다 바빴다. 우리집 제사는 물론 외가의 제사상까지 준비해야 했고, 또 엄마의 형제들을 맞이해야 했다. 하지만 나도 덩달아 할 일이 태산이었다. 바쁜 엄마를 대신해 일을 도와야 했는데, 문제는 엄마가 계속 나만 불러댔다는 거다. 이거 가져와라 저거 치워라. 소 사료는 줬냐. 축사가 더럽다. 들어가 분뇨를 치워라. 논에 물꼬를 막고 와라. 상을 놓아라 차려라. 이걸 도와라 저걸 도와라. 친척들이 모두 쉬거나 놀고 있는데, 나 홀로 작업복에 장화를 신고 가축 분뇨를 치우는 게 죽기보다 싫었다. 불만을 가지면 엄마는 나를 힐난했다.

"하기 싫으면 하지 마! 나는 어쩜 이렇게 박복하니. 서방 복 없는 년은 자식 복도 없다더니! 제 에미가 바빠 동동거리는데 말만한 자식새끼들은 나자빠져 내 등골이나 빼먹으려 하고."

엄마의 넋두리가 시작되면 결국 일을 도울 수밖에 없었다. 언니는 일머리가 없어 안 되고, 남동생은 너무 어리고, 아버지는 술에 취해 있고. 일을 할 사람은 늘 나뿐이었다. 하지만 가장 싫은 건 내 방을 양보해야 하는 거였다. 더욱이 이번에는 이틀씩이나 되었다.

"싫어! 이번엔 방 양보 안 할 거야! 이모들은 우리집이 이 모양인데, 오고 싶대?"

엄마 들으라고 부엌에 대고 소리를 질렀다.

그렇게 나는 명절 전날부터 무기한 파업에 돌입했다. 내 방 문을 굳게 잠그고 밥도 먹지 않았다. 엄마의 신세 한탄이 들렸지만 이어폰으로 음악을 들었다. 아버지는 명절 당일에도 돌아오지 않았다. 이번엔 단단히 골이 난 모양이었다. 언니가 두 번, 엄마가 한 번 내 방문 앞에서 차례 지내러 나오라 했지만 못 들은 척했다. 배가 고팠다. 밖에서 가축들이 주인을 불러댔다. 굶고 있는 건 가축들도 마찬가지였다. 엄마가 바빠서 먹이를 주지 못한 모양이었다. 평소라면 이미 내가 가축을 돌보고 축사를 정리했을 시간이었다. 가축들의 울부짖음이 점차 과격해졌다. 내 죄책감도 점차 커졌다.

'말 못하는 짐승들이 무슨 죄가 있어 엄마와 나의 신경전에 피해를 봐야 하는 걸까.'

괴로웠다. 분명 분뇨로 바닥이 질퍽이고 더러울 것이었다. 결국 사흘째 되는 날, 일어나 방문을 열었다. 때마침 소들이 또 주인을 불러댔다. 바쁜 엄마가 겨우 허기만 면하게 건초 다발이나 던져준 모양이었다. 소가 울기 시작하자 닭장도 합세했다. 닭 모이를 주는 것은 잊어버린 모양이었다. 이모들이 몰려왔는지 마당 평상에서는 하하 호호 신이 났다. 방문에 귀를 대고 부엌을 살폈다. 조용히 나가 여물통에 사료만 부어주고 와야겠다고 생각했다. 아니, 나간 김에 산책도 좀 해야겠다고 생각해서 외출복으로 갈아입었다.

방문을 살며시 열고 나와 막 운동화를 신는데 부엌에서 엄마가 빈 소쿠리를 가지고 나왔다. 지치고 힘겨워 보였던 얼굴이 내 시선과 마주치자 사납게 날카로워졌다.

"왜 기어나와! 그 안에서 죽어 송장이나 되지!"

엄마가 시작한 싸움, 이번에는 나도 지고 싶지 않았다.

"왜 엄한 사람한테 화풀이야! 자기네들끼리 박 터지게 싸우고는 왜 나한테 화살을 돌리는 거냐고! 비열하게 만만한 자식이나 잡아대니까 좋아?"

"뭐야! 이 기집애야! 어디 눈을 에미한테 흘겨가며 대들어! 제 애비 닮아 하는 짓이라곤 골질이나 하고, 속은 밴댕이소갈딱지 같은 게."

"그럼, 그 애비에 그 자식이지! 뭐 다를 것 같아!"

"이 오라질 년이! 제 에미 뼛골 빠지는 것도 모르고, 저 고양 년! 내가 저걸 왜 낳아서 이 고생을 하는지!"

"누가 낳아달라 했나! 그놈의 신세 한탄 지긋지긋해! 본인 형제들이랑 하하 호호 하셔. 난 사라져줄 테니!"

내가 현관을 나서려 하자 엄마가 들고 있던 소쿠리를 내게 집어 던지며 악다구니를 썼다.

"그래, 나가 죽어라! 죽어서 제발 집에 들어오지 마……."

엄마의 악담과 온갖 물건들이 내 등이며 머리에 날아와 부딪쳤다. 손에 집히는 대로 내던지는 모양이었다. 양은그릇이 머리를 때렸다. 몸이 휘청했다. 순간 내 인내심도 한계였다. 내가 유일하게 엄마를 닮은 것은 날카로운 혓바닥뿐이었다.

"그렇게 소원이니 나가 죽어줄게. 연락 오면 내 송장 확인이나 하러 오라고. 그래, 자식새끼 잡아먹고 얼마나 잘 사나 보자고. 속 시원하게 죽어줄게. 얼마나 좋겠어? 내 송장 앞에서

덩실덩실 춤출 준비하고 있어!"

나는 화가 나서 엄마가 아끼는 동양란 화분을 바닥에 내동 댕이치고, 말리는 이종사촌과 이모부를 밀치고 집을 나섰다. 등뒤에서 엄마의 악다구니와 말리는 이모들의 실랑이가 들렸 다. 상관하지 않기로 했다. 분한 마음이 가라앉지 않았다. 숨을 씩씩 몰아쉬며 정처 없이 앞으로만 걸어갔다. 아무리 생각해도 내가 잘못한 게 뭔지 알 수 없었다. 단지 만만한 화풀이 대상이 라는 억울함이 마음에 가득 쌓였다.

2시간을 넘게 걷자 저멀리 읍내가 조그맣게 보이기 시작했 다. 다리며 발바닥이 아파서 길가 버스정류장에 잠깐 앉아 쉬 었다. 목도 마르고 배도 고팠다. 4차선 도로는 거의 통행이 없 었다. 마침 1시간에 한 번꼴로 배차되는 시내버스가 내 앞에 섰 다. 내가 의자에서 일어나지 않자 버스는 잠시 멈췄다가 문도 열지 않고 그대로 달아나버렸다. 조금만 걸으면 읍내가 코앞이 었다. 다행히 입고 나온 청바지 속에 심부름 값과 용돈이 그대 로 들어 있었다. 힘을 내 다시 걸음을 옮겼다. 내 처지가 꽤나 비관적이었다. 그러나 죄책감은 하나도 들지 않았다. 오히려 속이 후련했다.

명절 당일 시골 읍내는 몽땅 셔터가 내려가 있었다. 겨우 문 을 연 슈퍼에서 빵과 콜라를 샀다. 가겟방 아주머니는 나를 무척이나 불쌍하게 쳐다보는 것 같았다. 슈퍼 앞에서 허겁지겁 허기를 면하고 괜스레 중학교까지 걸어가봤다. 교문은 당연히 닫혀 있었다.

읍사무소 식수대에서 콜라가 들었던 페트병을 헹궈 물을 담은 뒤, 문을 연 상가가 있나 기웃거리며 골목들을 헤매 다녔다. 명절답게 기름 냄새가 어디서든 풍겼다. 내 신세가 더욱 처량했다. 또다시 배가 고팠다. 집에서 맡았던 삼겹살 냄새가 생각났다. 때마침 정육점 앞이었다. 셔터가 열려 있고 가게 안에 불도 켜져 있었다. 순간 머릿속에 계획 하나가 세워졌다.

문을 열고 들어서니 이제 막 잠에서 깬 것처럼 부스스한 아저씨가 담배를 피우며 TV를 보고 있었다. 나를 발견한 아저씨가 귀찮은 표정으로 "오늘 장사 안 하는데" 하고 말했다. 나는 매우 불쌍한 표정으로 주머니를 뒤적거리며 부탁했다.

"아저씨! 막살 이만 원어치만 주시면 안 돼요?"

그 말에 아저씨는 끙 소리를 내며 일어나 냉장고를 열고 고기를 꺼냈다.

"구워먹을 건데 한번 눌러주세요."

막살은 돼지 앞다리살이라 한번 기계로 눌러주면 제법 부드러워 구워먹을 만했다.

"많이 줄게. 가서 명절 내 구워먹어! 씩씩하게 살아야 해! 힘내고."

아저씨의 말이 뜬금없었지만 고개를 끄덕이며 감사하다고 인사했다. 머릿속에 다음 계획을 떠올리고 있던 터라 아저씨의 말이 무슨 의미인지 알지 못했다. 상가를 한참 벗어나서야 아저씨의 태도가 좀 이상했다는 것을 깨달았다. 고기 봉지를 건넬 때의 눈빛은 연민과 동정이었다. 그래서인지 이만 원어치의 고기 봉지가 제법 묵직했다. 이런 동정이라면 나쁘지 않단 생각이 들었다.

나는 상가 3층 그 아이들이 사는 집으로 향했다. 당장 갈 곳도 하루 묵을 곳도 그곳뿐이었다. 그러나 도착한 상가는, 아뿔싸! 계단 유리문이 잠겨 있었다. 상가가 영업하지 않으니 당연한 일이었다. 유리문에 귀를 가져다댔다. 인기척이 느껴지면 소리를 질러 내가 왔다는 것을 알리려고 했다. 그러나 암만 귀를 대고 있어도 아무 소리도 들리지 않았다. 계획이 수포로 돌아가자 다리에 힘이 풀릴 것만 같았다. 유리문에 등을 기대고 잠시 서 있다가 해가 지기 시작하는 광경을 한동안 바라봤다.

그때 건물에서 소리가 들렸다.

"누나 친구 왔어!"

일전의 그 남동생의 목소리였다. 얼마 후 동급생이 계단으로 내려왔다. 안에서 문을 열고 내게 무슨 일이냐고 물었다. 나는 부탁이 있어 왔다고 말했다. 그러고는 들고 있던 고기 봉지를 유리문 사이로 내밀었다. 동급생은 내가 들어올 수 있게 유리문을 활짝 열어줬다.

내가 들어온 뒤 동급생은 다시 문을 잠그고 앞장서 계단을 올라갔다. 검은 비닐봉지를 흔들면서 말이다. 나는 두 사람과 프라이팬에 고기를 구워먹었다. 별다른 대화도 없이 모두 고기에만 집중했다. 그 많던 고기가 두어 조각 남고 전부 사라졌다. 배가 부르자 행복해졌다. 공기에 배어 있는 고기 냄새가 풍요롭기 이를 데 없었다.

남매에게 엄마와 싸우고 가출했는데 하루만 재워줄 수 있느냐고 솔직하게 물었다. 남매는 내 말이 끝나기도 전에 당연히 된다고 허락해줬다. 나는 기분을 내는 김에 한턱 더 내고 싶었다. 소화도 시킬 겸 슈퍼에 가서 아이스크림을 사겠다고 두 사람을 데리고 나왔다. 남동생이 좋다고 방방 뛰어다녔다.

당시 나는 내 병을 알지 못했고, 또 병이 진행된 지 얼마 되지 않은 터라 아주 어두운 곳이 아니라면 형태 정도는 구분했다. 내가 걸어가는 모양이 좀 불안했는지 동급생이 내 팔을 잡아주었다. 내가 말했다.

"나 야맹증이 심해서 어두우면 잘 안 보여."

"그래?"

그 애는 대수롭지 않게 대답하고는 내 손을 단단히 잡았다. 그리고 자기 이야기를 두서없이 꺼냈다. 남매는 올해 초 이곳으로 이사왔다. 부모님은 한 달에 두어 번 들러 용돈과 식료품을 주고 일하는 도시로 떠난다고 했다. 부모님이 어디서 무엇을 하는지 그 애는 알지 못한다고 했다. 또 이쪽에서 연락할 어떤 수단도 없다고 했다.

"명절이라 쓸쓸했는데 네가 와줘서 난 좋다. 내 동생도 엄청나게 좋아하네."

묻고 싶은 말이 많았지만 자존심을 상하게 할까 참기로 했다. 남은 돈을 몽땅 털어 과자와 음료를 샀다. 내 잠자리는 바닥에 종이박스를 깔고 그 위에 피크닉 돗자리를 얹어 마련되었다. 꼬맹이가 어디서 퀴퀴한 냄새가 나는 두꺼운 겨울 이불을 가져다주었다. 남매는 침상에 나란히 누웠고 나는 이불을 목까지 덮었다. 누군가 라디오를 틀었고 금세 잠이 들었다.

다음날 거의 정오가 다 되어서 깼다. 남매는 곤히 잠들어 있었다. 나는 이불에서 빠져나와 화장실로 내려갔다. 세수를 하다 문을 잠그고 물 샤워를 했다. 10월 초였는데 뼈가 시릴 정도로 물이 차가웠다. 수건이 없어 대강 물을 털고 다시 옷을 입었다.

방으로 돌아왔을 때에도 남매는 여전히 잠들어 있었다. 밤새 홀로 떠들어대던 라디오를 껐다. 실내가 조용해지자 오히려 곧바로 두 사람이 잠에서 깼다. 나와 눈이 마주친 그 애가 오늘도 자고 갈 거냐고 물었다. 명절 마지막날이었고, 내일은 학교에 가야 했다. 나는 대답을 피했다.

　대충 무언가로 배를 채웠고 내가 잤던 이불은 치우지 않았다. 머리를 감고 제대로 말리지 않아 티셔츠가 축축하게 젖었다. 그 집에서는 아무것도 할 일이 없었다. 셋 다 따분한 듯 앉아 있다가 밖으로 나가 읍내나 한 바퀴 돌기로 했다. 꼬맹이는 멋이라도 부리듯 다저스 야구모자를 눌러 쓰고 달려나갔다.

　읍내는 꽤 붐볐다. 상가도 문을 연 가게가 많았다. 익숙한 얼굴과도 마주쳤다. 동급생이거나 건너건너 아는 애들이었다. 나는 바쁜 척 걸음에 속도를 높였다. 인사가 날아오면 간단히 대응해주고 지나쳤다.

　멀리서 누군가 내 이름을 불러댔다. 돌아보니 언니였다. 나는 뛰다시피 그 자리를 벗어났고, 그 바람에 남매와도 헤어졌다. 아무도 없는 골목길에서 숨을 가라앉히며 내가 왜 도망쳐야 했나를 고민했다. 난 잘못이 하나도 없었다. 잊었던 분노가 다시 고개를 쳐들었다. 당당히 큰길로 나갔다. 주변을 두리번대던 언니와 눈이 마주쳤다.

　"엄마가 잘못했대! 집에 가자!"

　나는 순순히 언니를 따라나섰다. 시내버스 정류장에서 집으로 향하는 버스를 기다렸다. 언니는 공중전화 부스로 들어가 전화를 걸었다. 집에 나를 찾았다는 연락을 하는 모양이었다. 나는 그러거나 말거나 상관하지 않았다.

버스에서 내리니 엄마가 마중을 나와 있었다. 아버지도 엄마 옆에 서 있었다. 나를 바라보는 엄마의 눈빛은 처음에는 노여움이었다. 그리고 곧 눈에 물기가 어렸다.

"이 벼락 맞을 년!"

엄마가 두 손에 얼굴을 묻고 꺽꺽 울었다. 우리 넷은 천천히 집으로 향했다.

축사는 깨끗했다. 소들은 누워 되새김질하고 흰 잡종견은 주인들을 보고 사정없이 꼬리를 휘저었다. 나는 내 방에 들어가 누웠다. 엄마는 따라 들어와 줄담배를 세 대 정도 피우다 나갔다. 말로 사과할 줄 모르는 사람이었다.

다음날 나는 교복을 입고 등교했다. 엄마와는 아직 서먹서먹했다. 아버지는 며칠 후 취직해서 도시로 떠났다. 아버지가 첫 월급을 타오자 엄마는 나와 언니에게 휴대전화를 사주었다. 맨날 돈이 없다 노래하면서 언니만이 아니라 내게도 휴대전화를 사준 것은 꽤 큰 감동이었다. 엄마는 좋아 어쩔 줄 모르는 내게 말했다.

"죽을 거거든 전화하고 죽어! 에미 애간장 녹이지 말고."

나는 남매를 까마득히 잊어버리고 있었다. 그러다 새 학기가 되어 월요일 전체 조회시간에 문득 동급생이 생각났다. 나는 반별로 줄 맞춰 서 있는 아이들을 휘 둘러보면서 그 애를 찾았다. 그러나 아무리 둘러봐도 그 애는 없었다. 하교를 하고 어울리던 무리에서 빠져나와 그 애가 살았던 상가로 향했다. 멀리서 상가를 올려다보는데 못 보던 간판이 3층에 걸려 있었다. 무슨 컨설팅이라는 간판이었다. 간판을 보면서 남매가 떠났다는 것을 알았다. 그러고는 그날의 일을 까맣게 잊고 살았다.

그러다가 20년도 훨씬 더 지난 어느 날, 고객과의 대화에서 문득 남매를 떠올렸던 것이다. 나는 시술을 마치고 가만히 앉아 남매의 이름과 얼굴을 떠올렸다. 하지만 아무리 기억을 더듬어봐도 그들의 얼굴이며 목소리가 떠오르지 않았다. 그날과 그 무렵의 다른 기억들은 다 살아 있다. 선명하고 생생하다. 그러나 남매에 대한 것들은 생각하면 할수록 잔상조차 희미해져 버린다. 나는 정말 남매와 하루를 보냈던 걸까.

무엇 때문에 잠에서 깼는지 알 수 없었다. 스마트폰으로 시간을 보았다. 오전 3시 11분. 집안에 소음이라고는 냉장고 돌아가는 소리뿐이었다. 침대에 누워 있지만 정신은 또렷했다. 갈증도 요의도 없었다. 윗집 어르신이 일어나려면 두어 시간은 있어야 했다. 새벽에 잠이 깰 이유가 없었다는 말이다. 잠자리에서 일어나기에는 어정쩡한 시간이었다. 눈을 감고 이불을 머리까지 뒤집어써봤다. 하지만 한번 떠나간 수마는 돌아올 생각이 전혀 없어 보였다. 하는 수 없이 아침 일과를 시작했다. 스마트폰을 조정해 라디오 앱을 실행시켰다. 뉴스를 들으며 커피를 마실 계획이었다.

원고를 읽는 아나운서는 핼러윈 압사사고 속보를 전했다. 사상자가 120여 명에 다다랐고 앞으로 사상자는 더 늘어날 것이라고 했다. 나는 처음에 다른 나라에서 벌어진 일을 전하는 것으로 생각해, 태연하게 스마트폰을 식탁에 내려두고 전기포트로 물을 끓였다. 하지만 이윽고 아나운서는 사고가 일어난 장소가 이태원이라고 했다. 머릿속에서 핼러윈과 이태원이 연결되자, 어제 내게 마사지를 받았던 20대 고객이 생각났다. 그녀는 "오늘밤 친구와 함께 이태원에 갈 계획"이라고 말했다. 그녀의 들뜬 목소리를 떠올리자 마음이 복잡해졌다.

어제 처음 본 생면부지의 사람이었다. 마사지 코스도 가장 짧은 30분이었다. 호감이 가는 인상도 아니었다. 아니, 나는 조금 짜증이 났던 것 같다. 그녀는 좀 껄끄러운 고객이었다. 가장 짧은 타임을 선택했으면서 머리끝에서 발끝까지 케어해달라고 요구했다. 나는 매뉴얼대로 응대했다. 고객이 원한다면 그렇게 할 수 있지만 불편한 부분을 집중적으로 관리받는 것이 더 좋은 효과가 난다고 설명했다.

"그냥 해달라는 대로 해주세요."

쌀쌀맞은 대답이 돌아왔다. 상대의 반응을 예상했기 때문에 마음이 상하지는 않았다. 그녀는 자기 몸에 무척 문제가 많다고 말했다. 내가 머리를 지압하자 만성 두통을 호소했다. 어깨를 주무르자 승모근에 담이 든다며 걱정했다. 종아리에 손이 닿자 툭하면 쥐가 나서 힘들다고 푸념했다. 나는 이렇게 아파 어떻게 사느냐, 병원에 입원이라도 하라고 비꼬았지만 그녀는 내 말을 진심어린 걱정으로 받아들였는지 자신의 불우한 신상을 두서없이 꺼내놓기 시작했다. 나는 '인간 자본주의'답게 공감하지 못하면서 공감하고, 듣지 않고 있으면서 추임새를 기계처럼 반복했다.

"몸이 성한 곳이 없죠? 스트레스가 너무 심해서 그래요. 근데 얼마 안 남았어요. 저 다음달에 퇴사하거든요. 저만 잘리는 건 아니고요."

사실 나는 그녀를 한심해했다. 퇴직금으로 해외여행을 간다는 철없음이, 화려한 손톱발톱이, 나만 불행한 게 아니라 다행이라는 태도가 꼴사나워 보였다. 무엇보다 시술이 끝났다고 말했는데도 탐탁지 않은 말투로 내 손을 끌어다 자기 목에 가져다대며 말하는 본새가 못마땅했다.

"목은 하나도 안 풀린 것 같아요. 여기 좀더 해주세요. 이럴 줄 알았으면 목만 시술받는 건데."

나는 잔소리를 해대려다 그만두고 원하는 대로 목을 두어번 좌우로 스트레칭해주며 시간을 연장하시겠냐고 상냥하게 물었다. 그러자 그녀는 더이상 나를 잡지 않았다.

커피를 마시며 라디오를 계속 들었다. 시간이 지날수록 사상자 수는 늘어갔다. 샤워를 하고 드라이기로 머리를 말렸다. 영양제 한 움큼을 물로 삼키고 가방에 세탁한 유니폼을 챙겼다. 나는 어제와 똑같은 일상이다. 달라진 것은 출근 준비가 두어 시간 빨라졌다는 것뿐이다.

마사지 숍까지는 차로 10분 거리다. 예약은 오전 11시부터 시작된다. 하지만 장애인 콜택시는 늦어도 8시부터 호출해야 한다. 기본 두어 시간은 기다려야 연결이 된다. 10분 거리를 3시간에 걸쳐 가야 하는 것, 그것이 앞 못 보는 장애인의 삶이다. 하지만 나는 누구보다 빨리 체념한다. 그것이야말로 불행에서 빠져나오는 가장 빠른 길이다.

오전 7시, 평소보다 1시간 빨리 장애인 콜택시를 호출했다. 몸도 마음도 개운치 않았다. 이럴 때는 사람들 틈에 끼어 내용 없는 수다를 떨고 싶어진다. 차량은 5분도 되지 않아 연결되었다. 하필 급하지 않은 날이면 콜 연결이 이토록 빠르다. 장애인 콜택시는 고약한 심술쟁이 같다. 기사는 도착까지 20여 분 걸린다고 했다.

외투를 걸치고 주차장으로 나갔다. 바깥바람을 쐬고 싶었다. 대로 건너편 상가에서 인기척이 느껴졌다. 나는 안심하며 주차장을 서성였다. 늦은 시간, 혼자 흰 지팡이를 짚고 보행하다 모르는 사람에게 끌려갈 뻔한 일이 있었다. 여성 시각장애인들에게는 제법 흔한 일로, 비슷한 경험이 한두 번씩은 있어 혼자 보행하기를 매우 꺼린다. 마스크를 살짝 내려 가을 공기를 들이마셨다. 가라앉았던 기분이 조금 풀리는 것 같았다.

콜택시는 예상보다 일찍 도착했다. 몇 번이나 만난 익숙한 기사다. 그가 시간 여유가 있다면 담배를 한 대 피우고 가고 싶다고 부탁했다. 나는 그렇게 하라고 허락했다. 멀찍이 서서 담배를 피우던 기사가 말했다.

"이태원에서 아이들이 많이 죽었어요. 아시죠?"

나는 고개를 가만히 끄덕였다.

"호출 콜을 받고 신촌을 지나오는데, 길거리에 아직 귀신 분장한 애들이 해롱거리며 돌아다니는 거예요. 순간 버럭 화가 나서 창을 열고 집에 전화하거나 당장 들어가라는 소리가 혀끝까지 나왔다 들어갔어요. 어젯밤 우리 딸년도 핼러윈인지 귀신 파틴지 나갔다 새벽에 들어왔거든요. 난 이 가시나가 들어온 걸 알았는데도, 뉴스를 보고 나서 제 방 침대에 잠든 걸 다시 확인하고 얼마나 가슴을 쓸어내렸는지 몰라요."

방금 출근했다는 기사는 벌써 지쳐버린 듯 피곤해 보였다.

마사지 숍은 아파트 단지 내 상가 3층이다. 현관 도어락을 해제하고 안쪽으로 문을 열어 고정했다. 어젯밤 사이 고여 있던 공기가 실내에 가득했다. 라커에 가방을 넣은 후 창문을 열러 돌아다녔다. 컴퓨터에 전원을 켜고 오디오로 음악을 재생했다. 제목을 알 수 없는 피아노 연주곡이 무거운 공기를 밀어내는 것 같았다. 커피머신으로 에스프레소를 진하게 추출해 의자에 앉았다. 공간에 흐르는 가을 공기가 맨살에 소름을 오소소 돋게 했다. 평온한 일상에 안도한다. 순간 내 자신이 혐오스러웠다. 남의 불행을 자신과 비교하며 안도를 찾는 이들을 나는 얼마나 경멸했는가?

오래전 지인을 따라 방문한 어느 교회에서 목사는 나의 장애를 거론하며 말했다.

"하나님이 왜 장애인을 이 땅에 만드셨는지 아시나요? 그건 여러분께 현실이 얼마나 행복한지! 깨닫게 해드리려는 주님의 안배입니다. 저들을 바라보며 건강한 육신이 얼마나 축복인가를 아시길 바랍니다."

강단 아래 100여 명의 신도들은 모두 "아멘" 하고 대답했다. 얼굴이 붉게 상기된 것은 나뿐이었다. 나는 그날의 치욕을 잊지 못한다. 어느새 들이친 죄책감이 발목까지 고여들었다. 입 속 남은 씁쓸함은 커피 탓이리라 생각하고 싶었다.

마사지사들이 하나둘 출근하고 사무직원 김이 좀비처럼 어기적어기적 걸어들어왔다. 밤이고 낮이고 게임에 빠져 사는 요즘 아가씨다. 용케 지각을 하지 않아 기특한 마음이 든다. 유니폼을 갈아입고 대기실에서 마사지사 동료들과 내용 없는 대화를 나눈다. 오늘은 이런 시간이 필요했다. 잠시 화장실을 다녀오려 접수창구 앞을 지나치는데 김이 문의하러 온 할머니 한 분과 한창 상담중이었다.

화장실에 다녀와 손 소독을 하고 있을 때 김이 나를 호출했다. 그녀는 나를 노인 옆자리 의자에 앉혔다. 혼자서는 감당이 되지 않는 손님인 듯싶었다. 노인은 나라에서 지원하는 '안마 바우처' 대상자였다. 안마 바우처 서비스는 본인 부담금 사천 원으로 한 달에 네 번 안마를 받을 수 있는 노인요양 프로그램이다. 나라에서 지원하는 수가가 형편없지만 봉사차원에서 울며 겨자 먹기로 노인들을 받았다. 어르신을 시술한 침대는 시트를 매번 갈아야 하고 환기를 시켜야 했으니 숍 입장에서는 남는 거 없이 수고만 따랐다. 가장 큰 문제는 노인들은 시간에 대한 관념이 젊은이들과 다르다는 것이다. 예약제 시스템을 도무지 이해하지 못하고 불쑥불쑥 들이닥쳐 막무가내로 떼를 쓴다. 할머니에게 설명하는 김의 억양이 약간 높아졌다. 다만 내가 보기에 이해력이 부족한 것은 김이었다.

"어르신, 카드가 나와야 서비스가 시작되는 거예요. 오늘은 서류만 작성하고 가시면 된다고요."

"그래, 카드 가지고 올게. 오늘은 조금만 해주면 돼."

내가 얼른 끼어들었다.

"그러니까 어르신, 오늘은 체험을 원하신다는 거죠?"

"그래. 조금만 해달라고. 이제야 말을 알아듣는구먼."

나는 매우 안타까운 표정을 지어 보였다.

"저희도 그러면 좋겠지만 기관에서 직접적 홍보나 향응 접대를 금지해서 체험시켜드릴 수가 없어요. 어쩌죠? 따뜻하게 차나 한잔하고 가셔요."

"우리끼리 비밀로 하면 되지! 다음달 1일에 카드 나오면 내가 여기로 다녀줄게."

"감사해요…… 어쩌지? 찜질 정도는 해드려도 되려나?"

몇 차례 돌려 거절당하자 노인이 심사가 꼬였는지 못마땅해하며 혀를 한 번 찼다.

"가야겠어! 근처에 이곳 말고 서비스받을 데가 또 있나?"

나는 환히 웃으며 말했다.

"그건 주민센터에 문의하시면 자세히 알려드릴 거예요. 조심히 들어가세요."

진심으로 아쉬울 게 하나도 없었다. 나라가 주는 혜택을 종종 권리처럼 휘두르려는 노인들은 시시때때로 분란을 만들었다. 본인 부담금을 깎아달라, 나 대신 우리 손녀딸이나 며느리를 대신 받게 해달라, 다른 노인을 소개하겠으니 소개비를 좀 줘라……. 나는 수년의 경험으로 그러한 사실을 알아갔다. 노인도 그럴 사람으로 보였다.

결국 노인은 내게 굴복했다. 일어섰던 노인이 제자리에 앉으며 응석처럼 말했다.

"허리가 얼마나 아픈지, 침을 맞아도 정형외과 약을 타다 먹어도 늘 그 모양이야!"

"그러시구나!"

나는 노인의 팔을 두 손으로 주무르며 김에게 말했다.

"어르신 찜질해드리고, 기계 서비스도 오늘만 짧게 해드리자고요."

김이 노인을 모시고 물리치료실로 들어갔다. 나는 다시 손을 닦고 소독했다. 동료 마사지사 형석이 소리 낮춰 말했다.

"저 어르신 1일에 안 온다는 것에 만 원 건다."

여기저기서 동조하는 이들의 대답이 들려왔다. 나도 같은 생각이었지만 거들고 싶지는 않았다.

"샘 죄송해요."

쪼르르 달려온 김이 내게 말했다. 실수가 잦은 김은 죄송하다는 말을 추임새처럼 달고 산다.

"응대하기 어려운 고객이 오시면 원장님 계실 때 다시 방문하시라고 하고 돌려보내세요."

"네, 죄송해요. 근데 원장님은 자기 없을 때 샘한테 도와달라 하라던데요?"

나는 언제부터인가 책임지는 위치에 서지 않으려 애썼다.

그런데 정신을 차리고 보면 원치 않는 의무를 어깨에 잔뜩 지고 있다. 득 될 것도 없는 일들을 떠맡고 전전긍긍하고 있는 것이다.

일요일인 오늘, 오전 11시 고객도 얼결에 맡게 된 책임이었다. 어르신은 인자한 표정을 지으며 예약 시간에 맞춰 방문했다. 평소 호감을 갖고 있는 노인이었다. 여든일곱 할머니의 기민함이 젊은이 못지않았다. 스마트폰을 활용해 웬만한 쇼핑이나 은행 업무를 볼 줄 안다. 변화하는 시대를 겁내지 않고 새로운 것에 호기심을 갖는다. 무엇보다 언행이 점잖았다.

나는 그녀의 굽은 허리를 존경했다. 남편을 은행장까지 만들기 위해 자기 자식보다 상사의 자녀들을 더 업었으며, 가을이면 이 집 저 집 다니며 수백 포기 김장을 담가야 했기에 허리를 펼 새가 없었던 노인의 인생을 존경했다. 수고 없이 얻어지는 것은 세상에 없더라는 노인의 지론에 나는 공감했다.

"선생님! 오늘도 잘 부탁드려요."

어르신이 내 손을 두 손으로 감싸며 말했다. 나는 웃으며 고개를 끄덕였다. 노인은 내가 아는 누구보다 교양 있고 예의가 바른 사람이다. 건물을 몇 채나 소유하고 있음에도 겸손이 언행에 배어 있다.

사소한 일상 이야기를 나누며 시술을 시작했다. 마사지는 옆으로 누운 자세에서 목과 머리의 경계부터 시술한다. 손끝의

압을 조절하며 피술자인 노인의 컨디션에 강도를 맞춘다. 간간히 노인과 대화를 이어간다.

"선생님, 뉴스 보셨어요? 세상에, 서울 한복판에서 그런 일이……. 젊은이들이 많이도 죽었더라고요."

어르신이 어젯밤 사고 이야기를 꺼냈다.

"이제 스무 살 먹은 애들이 그리 많이 죽었으니 부모들이 제정신으로 살 수나 있겠어요."

나는 노인의 말에 추임새만 넣었다. 머릿속에 다른 생각이 가득차 있었다. 어제 이 시간, 이 자리에 한 사람이 있었다. 그녀가 정말 이태원에 갔는지, 갔다면 살았는지 죽었는지 알 수 없다. 현명한 노인에게 오늘의 내 감정을 말하고 싶었다. 잠시라도 나와 관계 있었던 이의 무사함을 함께 빌어주길 원했다.

그런데 어르신이 말했다.

"나라가 또 시끄럽게 생겼지 뭐예요. 놀다 죽은 애들 놓고 또 누구 탓이니 싸움질하며 정부에 잔뜩 허물을 씌울 것 아니겠어요."

마사지하던 손을 잠시 멈췄다. 그 시간은 아주 짧아서 노인은 눈치채지 못하고 계속 참담한 이야기를 이었다.

"세월호 때 재미들 좀 봤죠. 누가 놀러가라 등 떠밀었나요? 교육 잘 받은 애들은 거기 가라 해도 안 가지! 가겠어요?"

목구멍에서 불길이 이는 느낌에 재빨리 화제를 돌렸다.

"백화점 문화센터 강좌는 어떻게, 재미있으신가요?"

어르신이 뭐라뭐라 말하다가 잠이 들었다. 노인의 고른 숨소리가 차갑게 느껴졌다. 문득 노인이 낯설어졌다. 어르신을 깨워 엎드린 자세를 취하게 했다. 노인은 호주머니에서 지폐 두 장을 꺼내 내 손에 쥐여주었다. 수고비를 따로 챙겨주는 것이다. 나는 오늘만은 이 돈을 받고 싶지 않았다. 숍에서는 관례처럼 노인이 팁을 챙겨주니, 10분 정도는 서비스로 시간을 늘려 시술해드리리라고 귀띔했다. 지금까지 나는 모든 게 호의라고 여겨왔다. 그런데 오늘은 그 모든 게 다르게 느껴졌다.

아니, 속물은 나였다. 노인이 자산가가 아니었다면, 내게 수고비를 챙겨주지 않았다면 나는 노인을 존경했을까.

나는 환히 웃으며 시술이 끝난 노인을 배웅했다. 뉴스에서는 늘어난 핼러윈 희생자들을 보도했다. 나는 어제의 그녀에게 사과하고 싶었다.

'내 기준으로 당신을 판단하고 한심하게 여겼습니다. 미안합니다. 진실로 반성합니다.'

나는 내가 겪은 고통을, 희생을, 인내를, 모두가 겪길 바라는 졸렬한 마음이 있었던 것 같다. 하지만 지금은 간절히 바란다. 밤새워 놀다 지친 그녀가 늦잠을 실컷 자고 일어나는 일요일이 되었기를.

당신의 꿈은
샌드위치

중학생 때였다. 전근을 가는 영어선생님이 조회시간에 고별인사를 했다. 그녀는 1,500명의 제자를 앞에 두고 꿈을 가지고 살아야 한다 당부했다.

"나는 여러분이 꿈돌이 꿈순이가 되었으면 좋겠어요."

그녀는 당장의 진로, 인문계니 실업계니 하는 선택은 꿈이 아니라고 했다. 그때 나는 그 말이 무슨 의미인지 알지 못했다.

여자는 오랜 시간 유리문 앞에 서 있다 들어왔다. 접수대 앞에서 마사지 코스를 들여다보며 골똘히 고민했다. 신중한 성격이라고 생각했는데 나중에 알고 보니 그녀의 망설임은 주머니

사정 때문이었다. 나는 손을 소독하고 손님이 대기하고 있는 시술실로 향했다. 간단히 인사를 건네고 어느 부분을 신경써서 풀어주면 되냐고 물었다.

"며칠간 잠을 자지 못했어요. 두통도 심하고 목이 잘 돌아가지 않아요. 약도 듣질 않네요."

그녀의 목소리는 방금 전까지 울다온 사람처럼 비음 섞인 쉰 목소리였다. 나는 몸을 바로 눕게 하고 머리맡에 앉아 정수리부터 지압을 시작했다. 고통의 신음이 꽉 다문 입술 사이에서 새어나왔다.

"목과 어깨의 힘을 좀 풀어볼까요. 길게 숨을 내쉬며 몸이 살랑살랑 흔들린다고 생각해보세요."

나는 두 손으로 그녀의 양어깨를 잡고 좌우로 가볍게 흔들며 몸을 이완시켰다. 그리고 다시 두피를 지압했다. 10분 정도 지났을까, 그녀가 조금은 편안해졌는지 감격한 목소리로 두통이 사라진 것 같다고 말했다. 나는 웃으면서 벌써 그럴 리가 없다고, 플라세보 효과가 좀 빨리 나타난 것 아니냐고 대꾸했다.

"아뇨. 정말정말 좋아요. 마사지라는 게 이렇게 좋은 거구나 싶네요. 저 처음이거든요."

그녀의 감격에 찬 고백은 나를 기쁘게 했다. 목과 어깨를 지압하며 무심히 물었다.

"어린 아가씨가 뭐가 그리 무겁길래 어깨에 힘을 주고 버티고 사나요?"

"저 어리지 않아요. 내년이면 서른이에요."

그때 침대에 내려두었던 고객의 전화가 진동했다. 전화가 오는 것 같았는데 그녀는 액정을 흘깃 살피는 것 같더니 받으려 하지 않았다. 상대는 급한 용건인지 아니면 오기가 발동한 탓인지 끈질기게 재발신을 걸어왔다. 결국 의지가 통했는지 여자가 전화를 받았다. "여보세요"라는 말이 끝나기도 전에 중년 여성의 흥분한 목소리가 스피커 너머로 쩌렁쩌렁 울렸다. 남쪽 사투리가 강하게 섞인 말투로 그녀는 딸에게 온갖 모욕을 주었다. 폭풍 같은 비난을 쏟아놓고 돌연 전화가 끊어졌다. 여자는 스마트폰을 내려놓고 긴 한숨을 쉬었다. 나는 어쩔 수 없이 그녀가 처한 상황을 알게 되었다. 그녀의 부모는 서울에서 허송세월하지 말고 고향으로 돌아와 시집갈 준비나 하라고 닦달이었다. 침묵이 불편했는지 그녀가 내게 멋쩍은 사과를 해왔다.

나는 농담처럼 몸을 다 풀어놨더니 다시 굳게 생겼다고 웃으며 말했다. 그러자 그녀가 뜬금없이 아홉수 타령을 해댔다. 자신이 아홉수를 호되게 치르고 넘어가고 있다는 것이다. 나는 사람들이 만들어낸 쓸데없는 관념들을 그저 핑계라고 생각했다. 아홉수도 그중 하나였다. 나도 모르게 서른이 되면 뭐가 잘 풀릴 것 같냐고 물었다. 그녀는 대답하지 못했다.

"서른과 스물아홉 사이는 겨우 하루예요. 어제와 오늘 사이에 뭐가 달라져봤자 얼마나 변하겠어요."

"아뇨. 저는 달라질 것만 같아요. 아까 들으셨겠지만 부모님이 서울 생활을 반대하세요. 올해까지가 부모님이 참아주는 마지노선이에요. 스무 살 때 반대를 무릅쓰고 서울 대학으로 진학했어요. 연기자가 목표였거든요. 극단 생활도 5년 정도 했어요. 결국 깨달은 것은 내겐 재능이 없다는 사실이었어요."

그녀는 연기자의 꿈을 완전히 접었다고 했다.

"그럼 굳이 서울에 남아 있을 필요가 있을까요?"

내 물음에 그녀가 대답했다.

"희곡을 쓰고 있어요. 공모전에도 여러 번 응모했고요. 틈틈이 샌드위치가게에서 알바도 하고 있고요. 그런데 부모님이 보시기엔 영 미덥지 않으신가봐요. 난 정말 열심히 살고 있는데……."

나는 묻지 않으려다 결국 입을 열었다.

"희곡은 정말 쓰고 싶어서 선택한 건가요? 꿈을 이루지 못해 억지로 잡고 있는 미련은 아닌가요?"

내 물음에 그녀는 날아오는 화살에 심장을 관통당한 새처럼 순간 정지했다. 마사지 시간이 끝났다. 마무리 스트레칭을 하려는데 그녀가 참지 못하고 내게 말했다.

"미련…… 맞는 것 같아요. 사실, 저 희곡을 쓸 때보다 샌드위치를 만들 때 더 즐거워요. 근데 그걸 인정하고 싶지 않아요.

샌드위치가 꿈이 될 수는 없잖아요?"

나는 그녀를 일어나 앉혔다. 그녀 등뒤에서 내 오른다리를 여자의 흉추에 고정하고 두 팔은 양 겨드랑이 사이로 끼워 자세를 잡았다. 몸을 살랑살랑 흔들며 이완시키다가 순식간에 들어올리며 견인했다. 그러자 그녀 흉추에서 우두둑 하며 뼈 맞춰지는 소리가 났다.

"나도 글을 써요. 10대 때는 최고의 유작을 한 편 남기고 서른 살 전에 요절하는 게 내 꿈이었어요. 그런데 서른을 넘기면서 꿈을 정정했어요. 내 꿈은 무병장수예요. 누가 봐도 호상이라고 할 때까지 살면서 글을 계속 쓰는 게 내 꿈이고 목표예요."

그녀에게 인사를 건네고 나왔다. 우리가 나눈 이야기 때문인지 꿈순이가 돼라던 오래전 은사님의 당부가 마치 어제의 기억처럼 떠올랐다. 두세 시간 후, 접수 직원이 쉬고 있는 나를 호출했다. 영문을 모르고 나갔더니 그녀였다.

그녀가 내게 따뜻한 종이봉투를 안겨주며 말했다.

"방금 만든 제 샌드위치예요."

내가 받은 것은 그녀의 새로운 꿈이었다.

탱고를 추는 시간

　더블베이스의 묵직한 저음이 한바탕 공기를 휘저으면 나는 고개를 도도하게 들고 무릎을 살짝 구부린다. 바이올린이 더블베이스를 따라 달리기 시작하고 반도네온이 그사이를 훼방 놓듯 파고든다. 그 순간 나는 가장 요염한 표정을 지으며 파트너를 끌어당긴다.

　슬로우, 슬로우, 퀵퀵.

　파트너가 나의 리드를 따라 가까워지면 관심 없는 척 고개를 돌리고 몸을 밀어낸다. 파트너는 토라진 사람처럼 내 어깨를 툭 치고 그 반동으로 나와 파트너는 같은 방향을 본다. 악기들은 순간 멈춰 선 채 반 박자 동안 침묵하고, 나와 파트너는 숨을 멈춘다. 바로 그때 세 악기가 폭발하듯 터져나오고 나와 파트너는 폭풍우가 되어 휘몰아친다.

탱고는 애정과 애증의 교차가 만들어내는 춤이다. 욕망이 결여된 탱고는 진정한 탱고라 할 수 없다. 처음부터 탱고는 유혹을 위한 춤이었기 때문이다. 탱고의 기원을 따지자면 콜럼버스의 서인도제도 발견으로 거슬러 올라가야 할 것이다. 하지만 무형 문화의 발생을 따지는 것이 무슨 의미가 있을까. 신대륙을 정복한 스페인은 메스티소라는 새로운 민족을 만들어냈다. '메스티소(mestizo)'는 스페인계 혼혈아를 일컫는 말이다. 이 슬픈 민족은 배를 타거나 목동이 되어 세상을 떠돌았고 아르헨티나의 부에노스아이레스에까지 이르렀다. 그들은 항구의 술집이나 선착장에서 연인을 찾기 위해 또는 유혹하기 위해 정열적인 춤을 추었는데, 이것이 본격적인 탱고의 시작이었다.

내가 탱고를 시작한 것은 감정을 되찾기 위해서였다. 나이를 세는 숫자가 늘어날 적마다 나는 무언가 하나씩을 잃어버려야 했다. 시력을 잃었고, 친구를 잃었고, 연인을 잃었고, 가족을 잃었다. 그리고 마침내는 감정을 잃어버렸다. 하루라는 시간이 기쁜 일도 슬픈 일도 없이 그냥 흘러갔다.

내 운명이 빙산 같다고 생각했다. 바다를 홀로 떠돌다 결국 녹아 없어져버리는 빙산처럼 나의 삶도 시간을 부유하다 무의

미하게 사라질 것으로 생각했다. 자괴감이 밀물처럼 내 안으로 파고들었다. 그런 날이면 나는 밤새도록 뒤척이다가 잠들기를 포기하고 오래된 영화를 보았다.

눈먼 퇴역 군인 알 파치노는 탱고 바에서 아름다운 여인에게 탱고를 신청한다. 두 사람은 화려하고 정열적인 탱고 음악에 맞춰 춤을 추기 시작한다. 그날 밤 우연히 선택한 영화는 〈여인의 향기〉였다. 탱고는 운명처럼 나를 흔들어놓았고 오랜만에 설렘을 느꼈다. 탱고는 잃어버린 감정을 찾기 위한 무모한 여행의 시작이었다. 하지만 용기를 내어 찾아간 탱고 학원에서 번번이 거절을 당하자 점점 의기소침해졌다. 하고 싶은 일이 할 수 없는 일이 돼버릴 때, 나는 장애를 가장 실감한다.

탱고를 이대로 포기하고 싶지 않았다. 마지막으로 찾은 탱고 학원에서 지금의 강사님을 만났다. 나는 강사님께 왜 나를 선뜻 받아주었느냐고 물어본 적이 있다. 그는 말했다.

"나를 찾아오는 이들의 열정과 의지를 막을 권리가 내게는 없어요. 춤은 억지로 되는 것이 아니거든요. 춤은 함께하는 거예요. 더구나 탱고는 보는 사람들조차 힘든 무도곡이거든요."

탱고는 정말 어려운 춤이다. 시선 처리와 홀드의 각도, 사선으로 걷는 스텝까지 조금만 방향이 틀어지면 동작은 무너지고 파트너의 발을 밟기에 십상이다. 그런 탱고에서 나는 강사님의 가장 성가신 학생이다. 새로운 스텝을 배울 때마다 강사님은 무릎을 꿇고 앉아 손으로 내 발동작을 하나하나 잡아주신다. 또 내 수업에 앞서 직접 눈을 감고 동작을 연습하신다. 수업마다 나는 강사님의 노력과 배려를 느낀다. 하루는 강사님께 "저 때문에 너무 힘드시죠?" 하고 미안한 마음을 전했다. 그러자 강사님은 "즐거워요? 춤추는 게 기뻐요? 그럼 나도 좋아요" 하고 후후 웃으셨다.

스텝이 하나둘 늘어갈수록 나는 크고 작은 원을 그리며 플로어를 점령해나갔다. 탱고는 파트너와의 호흡이 가장 중요하다. 잠시만 집중이 흐트러져도 스텝이 엉키고 만다. 아니나 다를까 강사님의 호통이 뒤따른다.

"어허! 틀려도 좋아요. 도도하게 고개를 들지 못요? 음악을 들어야 해요."

나는 매시간 웃고 틀리고 사과하기를 반복한다. 1시간의 레슨이 끝나면 온몸이 땀으로 흥건하고 근육은 비명을 지른다. 그럼에도 이 시간을 기다리는 것을 보면 내가 정말 탱고에 매료되었구나 싶다. 할 수 있는 일이 하나둘 늘어간다는 것은 즐거운 일이 늘어간다는 뜻이리라. 나는 탱고를 통해 즐거운 일을 하나둘 늘려가고 있다.

얼마 전 탱고 학원에 한 노신사가 방문했다. 그는 자신처럼 나이가 많은 사람도 탱고를 배울 수 있겠냐며 멋쩍어하셨다. 강사님이 나를 가리키며 말했다.

"이분을 보세요. 앞이 보이지 않아도 도전하시잖아요. 열정만 있다면 얼마든지 가능합니다."

노신사는 내게 물었다.

"어렵지 않은가요?"

"어렵죠. 하지만 재미있어요."

내 대답에 노신사는 용기를 내셨고 지금 나의 파트너이시다. 그는 나를 '용감한 아가씨'라 부른다. 또 어느 날은 "아가씨 덕분에 나도 용기가 났다오"라며 나를 격려해주셨다.

나는 그동안 실패가 두려워 장애를 핑계삼아 하고 싶은 일들을 포기해왔다. 잃어버린 것만 생각했다.

하지만 지금의 나는 다르다. 다르게 살려 노력한다. 하고 싶은 일을 할 수 있는 일로 만들기 위해, 불가능을 가능으로 바꾸기 위해 용기를 낸다. 탱고 수업은 내게 첫 도전의 시작이었고 내 가슴에 열정을 심어주었다.

누군가 내 손을 잡으며 탱고를 신청한다. 나는 고개를 끄덕이고 플로어로 향한다. 화려하고 격렬한 라틴 음악이 시작되면 나는 메스티소 여인이 되어 파트너와 사랑에 빠진다. 강사님의 구령이 플로어에 울려퍼진다.

"자! 어깨 펴고, 고개 들고, 홀드를 단단하게 잡고, 슬로우 슬로우 퀵퀵, 슬로우 슬로우 퀵퀵!"

이별 연주회

월요일 오후 2시부터 6시까지는 마사지 예약이 많지 않다. 직원들이 저마다 일을 보러 나가길래, 나는 혼자 숍을 지키고 있다가 로비에 서서 플라멩코 춤 연습을 시작했다. 실내화를 벗어두고 손뼉을 치며 박자를 맞춘다. 박수는 여섯 박자지만 스텝은 엇박자로 밟아야 한다. 발과 손이 열리고 닫히고를 반복한다. 그러다 어느 순간 정신이 혼미해지면서 발과 손동작이 꼬이고 말았다. 나는 어깨를 한번 돌리며 다시 자세를 잡고 박자를 맞추었다. 그때 현관에서 인기척을 느꼈다. 벗어둔 실내화를 찾아 신으며 현관 방향으로 시선을 두었다. 잠자코 서 있던 방문객이 사과를 해왔다.

"제가 예약 시간보다 30분 일찍 도착했네요. 방해해서 미안합니다."

나는 부끄러운 마음을 숨기며 그녀를 소파로 안내하고 커피를 대접했다. 내가 에스프레소를 추출해 뜨거운 아메리카노를 한 잔 만드는 동안 그녀의 시선은 줄곧 나를 따라다녔다.

"누군가 보고 있다 의식하면 긴장해서 익숙한 일도 실수를 하고 말아요."

멋쩍은 표정으로 트레이에 커피를 받쳐 들고 그녀 앞으로 다가가며 말했다.

"실례인 줄 알면서 눈을 뗄 수 없었어요. 신기해서가 아니라 부러워서요. 내 아이가 차라리 선생님 같은 시각장애인이었다면 좋았을 텐데…… 미안합니다. 남의 불행을 가볍게 생각하는 스스로가 옹졸하고 부끄럽네요."

그녀가 트레이를 받아들며 말했다. 나는 그녀 옆에 앉았다. 그녀에게서는 슬픔을 짊어지고 사는 사람 특유의 피곤이 느껴졌다. 잠시 그녀도 나도 말을 아꼈다. 침묵의 공간엔 잔잔한 피아노 연주곡만 떠돌다 흩어졌다. 그동안 마음을 가다듬었는지 그녀가 자기 이야기를 꺼냈다.

그녀는 자타공인 성공한 인텔리 여성이었다. 명문대학을 졸업해 금융회사에 연구원으로 임원까지 역임했다. 마흔이 넘어 기다리던 아이도 임신했다.

"나는 천사를 얻었고 세상은 지옥이 되었어요."

아이는 선천적 장애를 갖고 태어났다. 장애는 아이가 안고 있던 불치병에서 기인한 것이었다. 열여섯 살. 아이는 몸만 자랐을 뿐 신생아나 다름없었다.

"우리 아이는 스무 살을 넘기지 못하는 병이에요. 그 사실을 아는 장애 학부모들은 내게 좋겠다고 말해요. 적어도 내게는 끝이 있으니까요."

나는 장애 자녀를 남겨두고 가야 하는 부모와 장애아를 먼저 보내고 남겨진 부모 중 누구의 마음이 더 아프고 슬플지를 떠올렸다. 우열을 가릴 수 없을 그 슬픔의 농도를 생각하자 가슴이 먹먹해졌다.

그녀의 아이는 하늘로 돌아갈 준비를 하고 있다고 했다. 수면 장애와 섭식 장애가 동시에 생겼고 아이는 수면제 없이 하루를 보낼 수 없는 상황이 되었다. 그녀는 하루의 대부분을 잠든 아이의 곁을 지키다, 문득 학창시절 좋아했던 플루트를 다시 연주하고 싶어졌단다. 원래 그녀의 꿈은 플루티스트였는데 부모님의 반대로 이룰 수 없었다. 그리고 지금, 아이가 잠들면 그녀는 플루트를 잡는다. 손도 굳고 호흡도 예전 같지 않지만 연주를 시작하면 현실을 몽땅 잊은 채 소녀 시절로 돌아간단다. 플루트 이야기를 하면서 그녀는 잘못을 저지른 아이처럼 풀죽은 목소리로 고백했다.

"철없죠. 아이는 죽어가는데 어미가 돼서 내 즐거움을 찾고 있으니."

나는 그녀를 응원하고 싶었다. 그래서 잘한 일이라고, 앞으로도 자신의 행복을 찾아나가시라고, 그것이 아이가 바라는 것일 거라고 말했다. 그러자 그녀가 엎드려 오열했다. 잘했다는 말을 너무도 오랜만에 들어본다고 했다. 아이를 낳은 이후로 자신은 행복하면 안 되고 오로지 아이를 위한 삶을 살아야 한다는 자기검열에 빠져 있었다고 말했다.

내가 물었다.

"장애아를 낳으면 죄인이 돼야 하나요? 그게 사회적으로 지탄받아야 할 사실인가요? 그럼 저는요, 저는 죄의 근원인가요?"

내 어머니는 시력을 잃어가는 나를 창피해했다. 나는 그런 어머니를 원망했다. 부모가 나를 창피해한다는 사실에 나는 주눅들었고 무기력해졌고 스스로를 부끄럽게 생각하게 되었다.

한동안 침묵하던 그녀가 혼잣말처럼 뇌까렸다.

"나도 그랬어요. 내 아이를 창피해하는 가족을 원망하면서 나 역시 내 아이를 부끄러워했어요. 하지만 그렇네요, 내가 죄인이라면 내 아이는 뭐가 되겠어요?"

그녀가 두 손으로 내 손을 잡았다.

"오늘 선생님에게 이런 얘기를 털어놓고 나니 면죄부를 받은 것처럼 느껴지네요."

이후로도 나는 그녀와 두어 번 더 만날 기회가 있었다. 그녀의 아이는 아직 그녀 곁에 있고 그녀는 열심히 플루트를 연습 중이라고 했다. 그녀는 계획을 말했다.

"아이가 내 곁을 떠나는 날, 장례식장에서 아이를 위한 연주회를 열 거예요."

나는 초대해준다면 기꺼이 그 이별 연주회에 참석하고 싶다고 전했다. 그녀는 고요히 기뻐했다. 이별 연주회의 초대장은 아직 도착하지 않았다.

로비에 선 나는 다시 박자를 세며 스텝을 밟는다. 어쩌면 내 춤은 나를 위한 해방의 몸짓일지 모른다.

"세비야나스, 하나 둘 셋, 둘둘셋."

춤을 출 때 나는 자유롭다. 행복감으로 충만하다. 손동작이 틀려도 스텝이 꼬여도 상관없다. 이 순간만큼은 오롯이 나를 위한 시간이기 때문이다.

돼지코

너는 내가 사귄 첫번째 친구였다. 곱슬머리, 겁먹은 눈빛, 살짝 들창코인 어린 너의 모습이 아직도 눈에 선하다. 너는 내 바보 왕자님이었다.

작은 시골 마을에 500세대가 넘는 아파트가 건설되었다. 그곳은 인근 공단의 노동자들을 수용하기 위한 주거 공간이었다. 아파트는 국도 옆 산을 깎아 건설되어 지대가 높았다. 아파트에서 내려보내는 오폐수가 하천을 오염시켰고, 외지인들이 드나들기 시작하니 조용한 마을에 소음과 분쟁이 왕왕 벌어졌다. 농작물이 손을 타는 일도 생겼다. 원주민들은 아파트를 탐

탁지 않게 생각했다. 그러나 아파트가 해악만을 끼치는 것은 아니었다. 작은 상가들이 생기고 미용실과 슈퍼마켓, 짜장면집이 들어와 읍내까지 나가지 않아도 간간이 편의시설을 이용할 수 있게 되었다.

다만 원주민들이 가장 아니꼽게 여기는 것은 아파트의 위치였다. 마치 아래 부락들을 내려다보는 것 같아 기분 나쁘다는 것이었다. 그리고 실제로 아파트가 외지인들로 가득차자 원주민들이 우려했던 일들이 벌어졌다. 아파트에 사는 사람과 그렇지 않은 사람으로 패가 나뉜 것이다. 원주민들은 외지인들을 '뿌리도 없는 뜨내기들'이라고 헐뜯었고, 아파트 주민들은 원주민들을 '시커먼 촌놈들'이라 일컬으며 놀이터도 상가도 이용 못하게 해야 한다는 소리를 했다. 어른 싸움이 아이들 싸움이 되고 아이들 싸움이 다시 어른 싸움이 되었다. 서로를 못 잡아먹어 안달이 났다.

돼지코, 너는 아파트에 살았다. 나는 아랫마을에서 가장 안쪽 부락에 살았다. 우리는 같은 유치원에 다녔지만 함께 놀 수는 없었다. 왜냐하면 너는 아파트 아이였고, 아파트 아이들은 자기들끼리만 어울렸다. 우리가 어떻게 친구가 되었는지 정확히는 기억나지 않는다. 단지 내가 기억하는 것은 일곱 살의 내가 자전거를 타고 집으로 향할 때면 아파트 전용 셔틀버스가 내 옆을 지나가며 꼬맹이들이 나를 놀려댔다는 것이다.

"깜시! 가난뱅이! 느림보야! 메롱메롱."

꼬마 악마들의 먹잇감이 된 나는 울컥 눈물을 쏟으며 자전거 페달을 힘없이 밟아댔다. 놀림은 매일매일 계속됐다. 한동안 울컥울컥 눈물을 쏟았지만 익숙해지자 어느 날부터는 나도 혀를 내밀며 한 손으로 손가락 욕을 해댔다. 꼬마 악마들은 금세 시들해져 다른 먹잇감을 찾기 시작했다. 새로운 먹잇감은 돼지코였다. 너는 부산에서 이사를 와서 말투와 억양이 이곳 아이들과 달랐다. 그것이 따돌림과 괴롭힘의 이유였다.

언젠가부터 너는 자전거를 타고 통학하기 시작했다. 앞서거니 뒤서거니 두 자전거가 들판을 달려나갔다. 그러다 나란히 속도를 맞췄다. 그리고 어느새 우리는 친구가 되었다.

너는 학교 문방구에서 포도맛 환타를 사서는 나와 한 모금씩 번갈아 마시게 해주었다. 나는 엄마가 해놓고 간 고구마밥이나 무밥에 간장을 넣고 비벼 너와 나누어 먹었다. 우리는 늘 배가 고팠다. 나는 겁쟁이 돼지코의 선생이었다. 닭장에서 달걀을 꺼내는 법과 달걀을 앞니로 콕콕 찍어 구멍을 내고 빨아 먹는 방법을 알려주었다. 너는 맛이 이상하다면서도 내 눈치를 보며 억지로 꿀꺽꿀꺽 날달걀을 먹어야 했다. 달걀껍데기를 다시 닭장에 던져 넣으면 닭들이 몰려들어 콕콕 쪼아먹었다. 너는 신기한 듯 그 모습을 바라봤다. 부산 시내에 살았다는 너는 아무것도 모르는 바보였다. 그래서 내가 가르쳐주는 모든 것에 신기해했다. 샐비어꽃의 꿀을 빨아먹는 방법을, 처마 밑 완성 되고 있는 제비집을, 웅덩이의 개구리알과 올챙이를 보여주었 다. 너는 나를 우러러보았다. 나는 신이 나서 너를 끌고 다녔다.

뒷동산에 올라가 산딸기 군락지로 데리고 갔다. 붉게 익은 산딸기가 너와 내 입으로 들어갔다. 산딸기 가시넝쿨에 쓸린 자국이 팔과 다리에 훈장처럼 흉터를 만들었다. 때론 옆집 뒷 마당의 옛 우물을 들여다보게 해주고, 포도나무 울타리 밑으로 기어들어가 연보랏빛으로 익기 시작한 포도알을 따서 너와 내 입속에 넣었다. 익지 않은 포도알은 너무 시고 떫어서 온몸이 뱅뱅 꼬이는 것 같았다.

농사철 동네는 텅텅 비어 있었다. 우리는 이 집 저 집 다니 며 모험을 떠났다. 놀이가 시들해지면 주전자에 물을 받아 엄 마가 일하는 들로 뛰어갔다. 친구를 사귀었다는 것을 자랑하고 싶었다. 엄마는 내가 유치원에 들어가 친구를 사귈 수 있을지 걱정했다. 그 무렵 마을에 또래라곤 세 살 터울 친언니뿐이었 던 데다가 내가 무척 내성적이었기 때문이다. 엄마는 돼지코가 순하게 생겼다며 좋아했다. 엄마가 밭에서 빨갛게 익은 토마토 를 따주었다. 돼지코는 들고만 있었다. 내가 먹으라고 하자 망 설이기만 했다.

"안 닦아 먹어도 돼?"

녀석이 엄마 눈치를 보며 내 귀에 속삭였다. 나는 들고 있던 토마토를 티셔츠 앞섶에 두 번 문질러 네 것과 바꾸었다. 그리고 토마토를 아삭 베어 물었다. 내가 시범을 보인 이후 돼지코는 오이든 살구든 내가 따주는 모든 과실을 옷섶에 닦아 먹었다.

산으로 들로 실컷 뛰어놀다 언니가 학원에서 돌아올 시간이 되면 너와 헤어져야 했다. 언니에게 돼지코와 어울리는 것을 들키면 나도 너도 봉변을 당했기 때문이다. 돼지코에게도 세 살 터울 형이 있었는데, 동급생인 언니와 너의 형은 앙숙 중의 앙숙이었다. 이틀에 한 번꼴로 몸싸움을 해대서 엄마가 학교에 불려가기도 했다. 그러니 돼지코 네가 곱게 보일 리 없었다. 언니에게 뒷덜미를 잡힌 날은 윗집 당숙 댁 강아지들 때문이었다.

얼마 전 태어난 다섯 마리의 강아지들은 어쩌나 귀여운지 하루종일 바라봐도 질리지 않았다. 더욱이 당숙모는 저중 한 마리를 내게 주겠다고 약속했다. 나는 매일매일 어떤 녀석을 달라고 할지 고민하며 강아지들을 들여다보았다.

너는 무척 부러워했다. 네게 으스대며 자전거를 세워둔 우리집 마당으로 들어서는데 학원에서 돌아온 언니가 대청에 앉았다가 우리를 발견했다. 평소에도 그랬지만 아침에 엄마가 묶어준 내 머리는 오늘따라 더 산발이었다. 언니는 내 등뒤에서 돼지코를 발견하자 신발도 신지 않은 채 푸푸 콧김을 내뿜으며 달려와 내 머리채를 잡고 바닥으로 내동댕이쳤다.

다음은 네 차례였다. 겁쟁이 돼지코가 언니에게 흠씬 두들 겨맞으며 울음을 터뜨렸다. 마침 엄마가 들에서 돌아오지 않았 다면 언니의 폭행이 얼마나 계속됐을지 알 수 없다. 너를 보내 고 엄마가 매섭게 회초리를 들었다.

언니는 악을 쓰며 오늘 학교에서 벌어진 일을 울부짖었다. 사건의 발단은 생활실태조사였다. 우리집은 자동차도, 냉장고 도, TV도, 가스레인지도, 그 흔한 전기밥솥도 하나 없었다. 난 방은 연탄을 땠다. 고지식한 언니는 설문조사에 곧이곧대로 손 을 들었다. 쉬는 시간, 건수를 잡았다는 듯 돼지코의 형이 언니 를 가난뱅이라 놀려댔다. 어디서 들었는지 쫄딱 망해 외갓집에 더부살이하는 처지를 거론하며 언니를 긁어댔다. 그것은 언니 의 가장 큰 약점이었다. 넘어서지 말아야 할 선을 먼저 넘은 것 은 너의 형이었다. 언니도 주워들은 상대의 가정사를 꺼내들 었다.

"너희 엄마 노름쟁이라며? 화투 치다 바람나서 여기까지 온 거라며? 네 엄마가 그렇게 사니까 네가 그 모양이지!"

곧바로 교실에서 목숨을 건 사투가 벌어졌다. 언니는 머리 카락이 한 움큼 뽑혔고 돼지코의 형 얼굴엔 손톱 오선지가 그려졌다. 둘은 담임선생님한테 불려갔지만 왜 싸웠는지는 입을 다물었다. 화해하라는 중재도 거부했다. 두 사람 다 회초리를 호되게 맞고 반성문을 써서 부모님께 도장을 받아오라 명령받았다. 언니에게 사정을 듣고 엄마가 회초리를 내려놓았다.

나는 저녁 먹은 것을 몽땅 토하고 앓아누웠다. 일곱 살의 나는 심신이 모두 허약했다. 며칠을 결석하다 겨우 유치원에 다시 등원하기 시작했다. 돼지코는 더이상 내게 말을 걸지 않았다. 나는 홀로 자전거를 타고 집에 돌아갔다. 아파트 버스가 내 옆을 추월해 지나갔다. 창가에 앉아 나를 바라보는 너와 눈이 마주쳤다. 버스가 지나가며 먼지를 일으켰다. 나는 숨을 멈추고 자전거를 세웠다. 집으로 가는 길이 오늘따라 멀어 보였다.

대청마루에 유치원 모자와 가방을 벗어놓고 장지문을 열고 방으로 들어갔다. 상보를 걷고 엄마가 차려놓은 밥그릇의 뚜껑을 열어 고구마밥을 한술 떠 입에 넣었다. 너와 나누어 먹을 때면 항상 모자랐던 밥이 반쯤 먹으니 먹기 싫어졌다. 숟가락을 내려놓고 당숙 댁에 강아지를 보러갔다. 뽀얗게 살이 오른 강아지들은 여전히 귀여웠다. 그런데 금세 재미없어졌다. 길가에 토끼풀꽃을 뽑아 반지를 만들어 엄마를 찾아 들로 뛰어갔다. 짧았던 하루가 길게 느껴졌다.

유치원이 끝나면 기다렸다가 아파트 버스를 보내고 자전거에 올랐다. 버스가 만들어내는 먼지를 뒤집어쓰기 싫었다. 때론 버스와 마주치지 않을 먼 길로 돌아갔다. 여름의 더위가 자전거 안장을 붙잡고 있는지 페달을 밟는 것이 힘겨웠다.

오르막길을 겨우 올라 이마의 땀을 닦고 오른쪽 브레이크를 살짝 잡으며 내리막을 내려갔다. 페달을 밟지 않아도 자전거는 씽씽 달려내려간다. 공기가 후덥지근했지만 바람이 몸을 스치자, 이마에 송골송골 맺힌 땀이 식었다. 구판장부터 익숙한 그림자가 내 뒤를 따라 달렸다. 모른 척하다 동네 입구에서 자전거를 세우고 뒤를 바라봤다. 따라오지 말라 빽 소리를 지르자, 자전거가 내 앞에 정지했다.

돼지코는 자전거 바구니에서 포도맛 환타를 꺼내 내게 주었다. 캔에 맺힌 물기가 주르륵 흘러내려 너의 손을 적셨다. 나는 조금 너를 노려보는 척하다 환타를 받았다. 우리는 환타를 한 모금씩 나누어 마셨다. 또다시 자전거 두 대가 나란히 길을 달려나갔다.

우리는 다시 찰싹 달라붙었다. 강아지를 보러가고 내 밥을 한 술씩 떠먹여주었다. 온 동네를 뛰어다니며 숨바꼭질하고 울트라맨 놀이를 했다. 돼지코는 어느새 맨손으로 개구리를 잡을 수도 있었고 암탉의 눈을 피해 달걀을 꺼내는 방법을 터득하기도 했다.

너는 점점 내 피부색처럼 새카맣게 탔다. 엄마는 햇볕에서 놀 거면 유치원 모자라도 쓰고 나가라고 했다. 우리는 지치지 않고 동네를 누비며 뛰어다녔다. 느티나무 밑 평상에 앉아 쉬던 옆집 아저씨가 우리가 쓰고 있던 노란 모자를 보며 병아리 같다고 놀려댔다.

"우리가 병아리면 아저씨는 장닭이겠네유."

내 말에 아저씨가 껄껄 웃어댔다. 그러고 보니 아저씨는 덩치가 커다란 붉은 수탉을 닮은 것도 같았다. 서산 너머 붉은 노을이 푸른 들녘과 우리 등뒤에 내려앉았다.

장마가 시작되었다. 나는 여전히 우비를 쓰고 유치원에 갔지만 돼지코는 아파트 버스를 타고 등하교했다. 자전거를 도둑맞았다고 했다. 역시 어른들 말대로 아파트는 '천애에 못쓰는 사람들'이 모여 사는 곳이구나 생각했다. 먼저 집으로 돌아간 돼지코는 아파트와 마을 입구 갈림길에서 나를 기다리고 있었다. 나는 비를 뚫고 너에게 달려갔다. 돼지코는 언제나 내게 환타를 마시게 해주었다. 너는 자전거를 찾을 때까지 우리집에 가지 못할 것 같다고, 대신 하천 다리가 나오는 곳까지 데려다주겠다고 했다. 나는 자전거를 끌고 걸었다. 돼지코는 내 옆에서 우산을 쓰고 걸었다.

하천 다리 앞에서 너는 색종이를 접어 만든 엽서를 주었다. 너의 생일 초대장이었다. 물론 제 이름도 간신히 쓰는 유치원생이 만든 엽서에 제대로 된 형식이 있을 리 없었다. 로봇 그림과 이름만이 겨우 적혀 있었다. 파티는 다음주 금요일이었다.
나는 색종이를 받아 소중히 주머니에 넣었다. 친구 집에 처음
으로 놀러가는 것이었다. 더군다나 그곳은 아파트였다. 나는
매우 기대하며 그날이 오기를 기다렸다.

금세 일주일이 지났다. 돼지코는 먼저 집에서 준비하고 있
을 테니 꼭 와야 한다며 손가락 약속을 걸고 버스에 올랐다. 나
는 부지런히 집을 향해 자전거를 굴렸다. 구름이 잔뜩 낀 날이
었지만 비는 한 방울도 내리지 않았다. 헛간에 자전거를 세우
고 있으니, 엄마가 농약 통을 메고 집을 나서려 했다.

나는 돼지코에게 생일 초대를 받았다며 엄마 앞에 구겨진
색종이를 호주머니에서 꺼내 보여주었다. 그것은 일주일 내내
바지주머니 속에 있었다. 색종이는 하루에도 몇 번이나 꺼내봤
던 터라 해질 대로 해져 있었다.

"생일? 선물을 뭘 가져다주면 좋을까?"

순간 몸이 굳었다. 생일엔 선물을 가져가야 한다는 것을 그
제야 알았다. 사실 그때까지 나는 생일 파티라는 것을 해본 적
도 가본 적도 없었다.

"생일 파티에 가면 꼭 선물을 가져가야 하는 거야?"

시무룩하게 묻자 엄마는 반드시 그런 건 아니라고 말했다.

"일단 엄마 농약 주고 와서 이야기하자!"

엄마가 나를 달래며 들로 나갔다.

나는 대청에 앉아 있다가 얼마 전 언니가 학교에서 상으로 받아온 연필 한 다스를 생각해냈다. 후환이 두려웠지만 빈손으로 가는 것보다는 언니에게 몇 대 얻어맞더라도 그것이 최선이라는 생각이 들었다. 언니가 아끼는 물건들을 담아놓은 종이 상자를 들춰 연필갑을 찾았다. 집에 아무도 없는데 심장이 마구 콩닥거렸다. 어디선가 언니가 보고 있는 것만 같았다. 주변을 두리번거리며 연필 한 다스를 자전거 바구니에 싣고 아파트를 향해 달려갔다. 도둑질했다는 죄책감은 금세 사라지고 기대와 흥분으로 엉덩이가 들썩였다. 가파른 오르막을 오르고 작은 상가건물을 지나 경비실과 놀이터에 도착했다.

아파트는 고개를 꺾어야 꼭대기가 보일 정도로 높았다. 세 개의 동이 있었는데 창문이 수도 없이 다닥다닥 붙어 있었다. 순간 잊었던 무언가가 떠올랐다.

'이 많은 집 중에 돼지코의 집은 어딜까?'

나는 막연히 아파트에 도착하면 돼지코의 집을 알 거라고 안일하게 생각했다. 우물쭈물하다 놀이터를 바라봤다. 익숙한 애들이 보였지만 나를 비롯해 촌아이들에게 거지들이라 놀리는 못된 녀석들이었다. 순순히 너의 집을 알려줄 리 없었고 내가 돼지코의 생일 파티에 초대받은 것을 알게 되면 놀려댈 것 또한 뻔했다.

혹시나 싶어 아파트 입구를 왔다갔다하기를 반복했다. 생각 같아서는 자전거를 세워두고 1층부터 너의 이름을 부르며 계단을 올라가고 싶었지만 자전거를 도둑맞을까봐 몸에서 떨어뜨려놓을 수가 없었다.

먹구름이 몰려들어 하늘이 캄캄해졌다. 마음이 조급해졌다. 용기 내서 슈퍼마켓으로 향했다. 아파트 상가까지는 엄마와 몇 번 와봤던 곳이었다. 마침 주인 아저씨가 담배를 태우러 나왔다. 나는 아저씨께 균호네 집이 어디냐고 물었다.

"꼬마야! 그건 놀이터에 가서 너희 친구들한테 물어야지. 나는 모르지!"

나는 크게 실망하며 다시 놀이터 근처로 자전거를 타고 갔다. 어쩔 수 없이 동급생 한 녀석의 이름을 불렀다. 녀석이 나를 바라봤다. 돼지코네 집이 어디냐고 묻자 역시 예상했던 상황이 벌어졌다.

"안 가르쳐주지, 메롱! 깜시 촌닭은 아파트에 오지 마! 빨리 너희 동네로 꺼져!"

녀석과 몇몇 애들이 놀이터에서 뛰어나왔다. 나는 재빨리 자전거를 출발시켰다. 우르릉우르릉 하늘이 요동쳤다. 아이들이 나를 잡으러 뛰어오며 놀려댔다.

"얼레리꼴레리, 깜시 촌닭이 균호를 좋아한대요."

나는 나를 잡으러 쫓아오는 녀석들을 피해 아파트를 벗어났다. 후두둑후두둑 굵은 빗방울이 머리 위로 떨어졌다. 나는 내리막에서도 브레이크를 잡지 않고 빠르게 달려 내려갔다. 최대한 빨리 아파트에서 멀어지고 싶었다. 눈앞이 보이지 않을 정도로 장대비가 쏟아졌다. 눈 깜짝할 새에 흠뻑 젖어버렸다. 서러움이 비에 섞여 내렸다. 엉엉 소리 내 울며 집에 도착하니 자전거 바구니 속 쫄딱 젖은 연필갑이 생각났다. 언니에게 걸리면 호되게 혼이 날 것이었다. 또 돼지코 집에 가보지도 못한 것이 창피했다.

자전거를 헛간에 조용히 세웠다. 몸에서 물이 주룩 흘러내렸다. 뜨락에 엄마와 언니 신발이 보였다. 무섭고 창피했다. 지금의 이런 모습을 보이고 싶지 않았다. 외양간 한구석 소 사료를 쌓아둔 틈에 몸을 숨겼다. 빈 사료 포대를 뒤집어썼다. 한여름이었지만 젖은 몸이 으스스했다.

그리고 기억이 없다. 깨어난 것은 방 아랫목이었다. 몸이 무겁고 뜨거운 숨이 목구멍으로 새어나왔다. 내 옆에서 잠든 엄마를 가만히 만져봤다. 그 바람에 엄마가 잠에서 깼다. 장지문 밖은 어두웠다. 엄마의 손이 내 이마를 짚어 열을 쟀다.

"죽 먹을까?"

나는 기운이 없어 대답도 못하고 다시 눈을 감았다. 며칠을 앓아누웠다. 그사이 유치원 여름 방학이 시작되고 일주일 후 언니도 방학을 했다. 그때까지도 나는 아랫목에 솜이불을 덮고 누워 있었다. 언니는 내게 도둑년이라며 몇 번 눈을 부라렸지만 엄마의 제재로 마무리됐다.

초등학교 여름방학 날이었다. 밤이 되어도 더위는 꺾이지 않았다. 방에 문을 열고 모기장을 쳤다. 세 모녀가 나란히 누웠다. 잠들지 않는 매미와 이제 일어난 소쩍새가 경쟁하듯 목청을 올려댔다. 내가 잠들었다고 생각했는지 언니가 엄마에게 소곤소곤 오늘 학교에서 들은 이야기를 풀어냈다.

"엄마, 지긋지긋한 그 자식 다시 부산으로 전학 갔어! 걔네 아빠가 잡으러 와서는 돼지코 엄마 뒈지게 팼다잖아! 외양선 타고 외국 나간 사이에 노름으로 쫓겨다니다 여기까지 왔던 거래. 난 이제 그 자식 꼴 안 봐서 좋은데, 쟤는 하나뿐인 친구 없어져서 어떡한대."

"그래, 우리 아기가 안 됐구나."

나도 모르게 눈물이 났다. 엄마와 언니에게 들키지 않으려고 숨죽여 울었다. 꼭 가겠다고 약속했기에 나를 기다렸을 돼지코에게 미안했다. 마지막 인사조차 하지 못해서 너무도 미안했다. 엄마 손이 땀과 눈물로 흠뻑 젖은 내 머리를 쓰다듬었다. 나는 멋쩍어 계속 자는 척 눈을 감고 있었다. 하지만 눈물은 멈추지 않고 계속 흘렀다.

30년이 지났다. 내 첫번째 친구는 나를 기억이나 할까?
서러움에 터뜨린 눈물처럼 굵은 장맛비가 내리는 날이다.

사랑에 빠지는 60일

그녀는 임신 7개월 차였고 다리 부종이 심각했다. 신장에 무리가 왔는지 양발이 밀가루 반죽 부풀어오르듯 퉁퉁 부어올라 있었다. 경직된 다리는 아무리 주물러도 풀리지 않았다.

마사지 시술을 하는 동안 그녀는 거듭 한숨을 내쉬었다. 그러다가 그녀가 뜬금없이 손으로 만졌을 때 자신이 몇 살 같아 보이냐고 물어왔다. 손님들은 이따금씩 시각장애인이 느끼는 몸의 나이를 궁금해했다. 곤란한 질문을 받으면 나는 엉뚱한 대답으로 상대를 허무하게 만드는 버릇이 있다. 이번에도 나는 능청스럽게 스물대여섯 살로 보인다고 거짓말을 했다. 그녀는 칫 하고 어이없다는 듯 웃었다.

내 농담에 분위기가 느슨해졌기 때문인지 그녀가 자기 이야기를 시작했다. 그녀는 임신을 확인한 날부터 불면증에 시달렸다. 아기는 그녀에게 축복이 아니라 재앙이었다. 그녀는 올해 마흔여섯 살이었고 남편은 오십이었다. 결혼 15년 만에 처음으로 갖게 된 아기였다. 남편은 대책 없이 기뻐하는데 자신은 아기가 하나도 반갑지 않다고 했다. 그녀는 아기에게 애정을 갖지 못하는 자신을 자책했다.

그녀의 목소리는 낮고 건조했다. 젊은 시절 찾아오지 않던 아기가 이제 와서 생기다니, 신의 얄궂은 장난 같다고 한탄스러워했다. 자녀가 없으니 젊은 시절 흥청망청 계획 없이 소비하고 살았기에 노후 준비도 되어 있지 않았다.

그녀는 걱정이 가득찬 긴 한숨을 남기고 돌아갔다.

한 달 후 임신 8개월이 된 그녀를 다시 만났다. 아기가 자란 만큼 걱정도 커진 모양이었다. 불안한 심리상태 때문인지 아이가 뱃속에서 영원히 나오지 않았으면 좋겠다는 소리를 했다. 수면 장애는 더욱 심각해졌단다. 컨디션은 최악이었다. 마사지를 받는 도중에도 다리에 경련이 나서 시술을 잠시 멈춰야 할 정도였다.

그렇게 출산 예정일이 다가왔고 그녀는 내게 출산 전 마지막 마사지를 받았다. 몸 상태며 스트레스도 최고도에 다다른 듯싶었다. 그녀는 떨리는 목소리로 두려움을 이야기했다. 육체적 고통은 얼마든지 참아낼 수 있었다. 그녀가 진정 두려워하는 것은 자신에게 아기를 사랑하는 마음이 없을까봐, 그게 걱정인 거였다. 그녀는 임신을 하고 한순간도 기뻐본 적이 없었다고 했다. 애초에 아이를 좋아하지도 않거니와 개인적 성향이 강해 다정한 성격도 아니었다.

그녀가 만삭의 배를 쓰다듬으며 슬픈 목소리로 속삭였다. 아기가 엄마 기분을 살피는 것 같다고. 그래서인지 태동도 거의 느껴본 적이 없다고 했다. 아기가 눈치보는 천덕꾸러기처럼 얌전히 숨을 죽이고 있는 것 같아서 마음이 아프다며 결국 눈물을 흘렸다. 나는 무어라 위로할 말을 찾지 못해 말없이 마사지만 했다.

그후 산모 마사지를 할 때마다 나는 그녀가 예쁜 아기를 출산했는지 궁금했다. 그렇게 두 달쯤 지났을까? 그녀가 숍을 방문했다. 나는 뒤바뀐 분위기 때문에 깜짝 놀랐다. 우울하고 불안정해 보이던 여인은 온데간데없고 행복이 가득 들어찬 반짝이는 목소리가 내게 인사를 건넸다.

이번에는 진실로 그녀가 20대처럼 느껴졌다. 파릇파릇한 생기가 그녀에게서 뿜어져 나오는 것 같았다. 내가 반가워하며 건강하고 예쁜 아기를 낳았냐고 묻자 그녀가 내 손을 잡고 아이처럼 흔들며 덕분에 예쁜 공주를 무사히 출산했다고 대답했다. 아기는 이제 생후 68일이 되었다고 했다. 나는 육아로 한참 힘들지 않냐고 물으며 그동안 걱정했던 마음을 전했다. 그녀가 싱긋 웃으며 남편이 아기한테 손도 못 대게 해서 수유할 때 빼고는 안아보지도 못한다고 했다. 부부의 삶이 아기 위주로 재편되었는데 이전의 자유롭던 생활이 하나도 아쉽지 않다고 했다. 몸은 고생스럽지만 하루하루가 경이롭다고 했다. 어머니가 된 한 여인이 내 앞에서 환히 웃었다. 그녀가 사랑에 빠지던 순간을 내게 이야기했다.

"사실 아기를 낳고 며칠이 지났는데도 나는 아기를 사랑할 수가 없었어요. 내가 낳았다니까 내 아기구나 하고 감정 없이 젖을 물렸어요. 그러다 아기와 눈이 마주쳤어요. 아기가 그 반짝이는 까만 눈동자로 나를 올려다보는데 갑자기 심장이 찌릿하고 아프더라고요. 슬픔만 심장이 아픈 게 아니에요. 너무 아름다운 것, 사랑스러운 것을 맞닥뜨렸을 때도 심장에 통증이 오더라고요. 그렇게 나는 엄마가 되었어요."

그녀는 날이 가면 갈수록 아기가 더욱 사랑스러워진다고 말했다.

진정한 어머니가 된 그녀를 배웅하고 휴게실에 앉아 생각에 잠겼다. 나는 출생신고를 두 달 늦게 했다. 엄마에게 이유를 물었는데 처음에는 내가 몸이 약해 그랬다는 평계를 댔다. 그러나 내가 성인이 되고 나서 알게 된 사실은 달랐다. 출산 당시 생활고에 시달렸던 엄마는 나를 보육원에 맡기려고 마음을 먹었던 것이다. 엄마는 하루만 더 아기에게 젖을 먹이고 싶었다. 다음날 또 하루만 더. 차일피일 미루다보니 보육원에 보낼 생각이 점차 사그라졌다. 그렇게 60일이 지났다. 나는 엄마의 눈물을 먹고 자랐다.

내 어머니도 가슴이 내려앉을 것처럼 사랑에 빠져버린 순간이 있었을 것이다. 그렇기에 나를 지켜냈다. 그리고 장애를 판정받은 날, 엄마는 너를 낳지 말았어야 했다고 가슴을 쥐어짜며 통곡했다.

하지만 그해 가을의 내 생일날, 나는 엄마에게 낳아줘서 고맙다고 말했다. 엄마는 한동안 말을 잇지 못하다가 나를 낳고 나서 60일간의 이야기를 했다. 바구니 속에 핏덩이를 넣고 보육원 앞에 내려놨다가 두 걸음을 떼지 못하고 다시 돌아와 바구니를 들어올렸다 내려놓기를 몇 번이고 반복했었노라고.

"너를 지켜내서 다행이야!"

엄마가 내 등을 쓸며 말했다.

그녀도 자신의 아기를 바라볼 때마다 생각할 것이다.

"너를 낳아서 참 다행이야."

비극으로
끝날 줄 알았지

　처음으로 나를 위한 꽃다발을 받았다. 장미, 스톡, 프리지아 등 수십 송이의 꽃송이가 진한 향기를 뿜어냈다. 가슴 속 깊이 침전됐던 감정들이 떠오르며 후끈한 바람을 일으켰다. 그것은 감동이었다.

　꽃다발을 비싼 쓰레기라 터부시했던 지난 과거가 사실은 받아본 적 없는 질투에서 비롯된 감정이라는 것을 나는 인정한다. 내게 꽃다발은 나를 가장 초라하게 만들었고 서글펐던 기억을 회상케 하는 매개물이었다.

　나는 축하받은 졸업식의 경험이 없다. 초등학교 졸업식은 병원에 장기 입원하고 있어 참석하지 못했다. 졸업 앨범은 소포로 받았다. 열어보지도 않았다. 그까짓 졸업식이야 앞으로도 몇 번이나 있을 테니 아쉬울 것 없다고 생각했다.

중학교 졸업식은 차마 참석하지 못했다. 중학교와 담 하나를 사이에 둔 도서관의 야외 벤치에 앉아 운동장에서 들려오는 졸업식 진행과정을 가만히 들었다. 유난히 추운 2월이었다. 두 뺨이 따끔거리게 시렸다. 손끝이 꽁꽁 얼었는데 나는 끝까지 혼자만의 졸업식을 견뎌냈다.

친구들은 원하는 고등학교로 진학할 것이었다. 흥분과 기대, 아쉬움이 교차하는 현장은 내가 있을 곳이 아니었다. 새 학기에 나는 장애인학교로 입학하기로 결정되었다. 어제까지 같은 방향을 보고 달렸던 친구들 틈에서 나만 빠져나와 이제까지 상상해본 적 없는 길을 홀로 걸어가야 했다. 소외감과 외로움이 옷깃 안을 파고들어왔다. 뼛속까지 시리게 추웠다.

담장 너머 물결처럼 출렁이는 졸업식 노래를 조용히 따라 불렀다. 행사가 끝나고 하교하는 아이들 틈에 섞여 집으로 향했다. 꽃다발을 든 아이들이 내 앞을 지나갔다. 나는 터벅터벅 걸어 집에 도착했다.

그날 저녁 밥상의 화제는 내일 있을 언니의 고등학교 졸업식이었다. 엄마는 깜빡 잊었다가 이제 생각난 것처럼 내게 졸업식이 언제냐고 물었다. 나는 오늘이었다고 대답했다.

"아 참, 그랬지? 너 그래서 아까부터 짜증부렸구나! 입학식은 엄마가 갔었잖아!"

나는 숟가락을 밥상에 쾅 소리 나게 내려놓고 자리에서 일어나 방문을 세게 쿵 닫고 들어갔다. 등뒤에서 엄마의 야단이 들려왔다.

"저게 어디서 배운 버르장머리야! 상장 하나 못 받고 빈손으로 온 게."

다음날 엄마는 언니의 졸업식에 갔다. 나는 가축들을 돌보고 마당을 쓸었다. 아침부터 엄마와는 한마디도 하지 않았다. 점심을 대강 차려 먹고 뒷산에 올라갔다. 마을 뒷산은 소나무 군락지였다. 양달은 눈이 녹아 솔가지가 붉게 쌓여 있고, 그늘진 응달은 녹지 않은 흰 눈이 그대로 있었다. 나는 아무도 걷지 않은 흰 눈밭에 내 발자국을 찍었다.

2월의 바람은 매섭게 맨살을 얼렸다. 얼굴이 당기며 감각이 사라지더니 누군가 내 양 귓바퀴를 잡아 뜯는 것 같은 통증이 느껴졌다. 장갑 낀 두 손으로 꽁꽁 얼어붙은 귀를 문지르며 산을 내려왔다. 멀리 동네 입구에 엄마의 빨간 승용차가 들어오는 게 보였다.

나도 모르게 걸음이 느려졌다. 마주치고 싶지 않았다. 마당에 차가 정차하고 조수석에서 언니가 내리는 모습이 보였다. 내 시선은 언니 품안의 하얗고 빨간 꽃다발에 멈췄다. 눈가가 뜨거워지더니 세상 가장 차가운 눈물 두 줄기가 내 뺨에 길을 만들었다.

나는 재빨리 뒤돌아 다시 산으로 향했다. 처음으로 느낀 감정은 미움과 질투였다. 엄마와 언니 두 사람이 꼴도 보기 싫었다. 딱딱하게 얼어붙은 오솔길을 한참 올라서며 내 자신이 싫어지기 시작했다. 내 옹졸한 마음도 병신 몸뚱이도 몽땅 세상에서 사라져버렸으면 좋겠다고 생각했다. 추운데 울기까지 하니 이마가 쥐어짜는 것처럼 아팠다.

나도 모르게 졸업식 노래가 머릿속에서 굴러다니다 입술 사이로 새어나왔다. 나무들 사이에서 부는 샛바람이 반주를 시작했다. 나는 흔들리는 나뭇가지 지휘에 맞춰 노래를 반복해 불렀다.

고등학교 졸업식은 조금 더 처참했다. 상을 수십 개 받아 단상에 몇 번이나 올라갔다. 카메라 플래시가 찰칵찰칵 터질 적마다 얼굴이 붉어졌다. 동급생 언니 오빠가 내 남루한 행색을 보고 마음 아파했다.

"졸업식인데 제대로 된 옷이라도 한 벌 사 입지 그랬어."

나는 웃으며 그럴 걸 그랬다고 대수롭지 않게 대답했지만 사실 속마음은 초라하고 창피했다. 가족들에게 둘러싸여 축하를 받고 사진 찍는 동급생들 틈을 슬쩍 빠져나와 혼자서 교실에 있었다. 행사가 끝나고 언니 오빠들이 나를 찾아왔다. 당신들의 가족과 함께 식사를 하러 가자고 권했다. 나는 일이 있다고 핑계대고 모두 거절했다. 끝까지 담담한 표정을 지으려 애를 썼다.

하루종일 쫄쫄 굶고 집에 돌아와보니 가족 누구도 없었다. 익히 알고 있는 사실이었다. 식구들은 이슥한 밤에야 돌아왔다. 나는 아무도 없는 집처럼 축사도 집안도 캄캄하게 해놓았다. 부러 전등을 하나도 켜놓지 않고 내 방에 이불을 뒤집어쓰고 누워 있었다. 방문이 슬며시 열리고 엄마가 들어왔다.

"자냐?"

대답하지 않았다. 엄마가 내 이불 속으로 파고들어오며 나를 달래듯 말했다.

"안 자면 일어나서 떡도 먹고 과일도 먹고 놀자!"

나는 내 몸에 슬그머니 갖다붙이는 엄마의 손을 찰싹 소리가 나게 내쳤다.

"건들지 말고 나가!"

엄마를 향한 싸늘한 경고였다.

나는 엄마를 이해할 수 없었다. 오늘 엄마는 무당집에서 굿을 벌이고 돌아왔다. 하필 오늘 말이다. 엄마의 구실은 타당하고 다양했다. 내 눈이 이러하고, 소가 이유 없이 병에 걸려 죽었고, 언니 임용을 합격시켜야 한다는 등 이러저러한 구차한 핑계였다. 하필 무당이 정한 길일은 내 졸업식 날이었다.

나는 미신에 빠져 있는 엄마도, 동조하는 식구들도 모두 이해할 수가 없었다. 내가 꿈적도 하지 않자 엄마가 전등을 켜고 내 이불을 잡아당겨 벗겨냈다. 내가 노려보거나 말거나 자기 기분에 취해 빨간 종이봉투에서 부적을 꺼내 내 눈앞에다 펼쳐 보였다.

"이거 네 속옷 장에 붙여놓을 테니까 떼지 말어! 용한 선녀님이 그러는데 너한테 자꾸 외할머니가 보고 싶다 찾아와 눈을 만져서 동티가 나는 거래. 죽은 사람은 산 사람을 만지면 큰일 나는 거야!"

나는 엄마가 들고 있던 부적을 가로채 박박 찢었다. 엄마가 화들짝 놀라 바닥에 뿌려진 종이쪼가리를 두 손으로 쓸어모았다. 그리고 나를 무섭게 노려봤다. 눈빛이 반 미친 사람 같았다.

"이게 무슨 짓이야! 이 정신 나간 년!"

엄마의 주먹이 내 머리통을 쥐어박아댔다. 나는 날아오는 엄마의 팔을 턱 잡았다.

"이거 못 놔! 이 기집애야!"

엄마가 악다구니를 쓰며 몸부림쳤다.

"정신 나간 건 엄마겠지! 오늘이 무슨 날인지 알면서, 나한테 어떻게 이래!"

"야! 병신 학교 졸업이 뭐 그렇게 대난한 일이냐? 그게 자랑

거리냐고?"

내게 고래고래 소리지르던 엄마가 갑자기 자리에 풀썩 쓰러지듯 앉아 두 손에 얼굴을 파묻고 울기 시작했다. 나는 따지고 싶었다. 그럼 내가 뭘 어떻게 살아야 하냐고.

"그래, 병신 학교잖아! 그러니 엄마가 더 왔어야지! 나한텐 첫 졸업식이었어. 가족 아무도 오지 않은 건 나뿐이었다고. 오늘 난 고아였으면 좋겠다고 생각했어. 그럼 기대도 없었을 거 아니야!"

엄마를 향해 악을 썼다. 엄마는 컥컥 소리 내어 울었다. 할 말이 없으면 엄마는 더 크게 소리를 내며 울었다.

"창피했어!"

엄마의 고백을 듣고 나는 피가 반쯤 빠져나가버린 것처럼 허탈해졌다.

'나는 부모에게 창피한 존재구나!'

"내 자식이 장애인이 된 것도, 그곳에 내가 가는 것도 다 부끄럽고 외면하고 싶었어!"

엄마의 고백이 내 마음을 갈래갈래 찢어놨다.

나는 부모에게 부끄러운 자식이 되었다. 그건 내 잘못이 아니었다. 그러나 나는 내 자신이 부끄러웠다. 솔직히 그때부터 마음속 깊은 곳에 엄마에 대한 반감이 있었다. 엄마를 사랑했고 연민했지만 증오하기도 했다. 엄마의 애정을 갈구했고 그걸 드러내고 싶은 날도 있었지만, 그러면 내 자신만 비참해질 것이라고 생각했다.

위태롭게 관계가 유지되던 사이에 엄마가 돌아가셨다. 나는 처음이자 마지막으로 엄마에게 꽃을 선물했다. 흰 국화가 영정 앞에 가득 쌓였다. 국화는 엄마를 미워하고 원망했던 내 죄책감이었다.

샘터 공모전에 입상했다는 소식을 전하자 나보다 더 기뻐해주는 이들이 많았다. 시상식 얘기가 나오니 정작 나는 관심도 없는데 참석하겠다는 지인들 때문에 곤란을 겪었다. 누구는 월차를 쓰겠다고 하고 누구는 차를 대절해 함께 가자는 계획을 세웠다. 나는 모두를 진정시키느라 진땀을 뺐다.

지인들과는 시상식을 다녀온 후 식당을 잡아 잔치를 벌이는 것으로 합의를 보았다. 시상식은 활동지원사 선생님과 단출하게 다녀오기로 했다. 내 입상 소식을 가장 기뻐했던 사람이었기 때문이다.

사실 나는 내 수상 소식을 이토록 기뻐하는 이들을 이해하지 못했다. 장애인학교 고등부 시절에 나는 홀트에서 주최하는 청소년 글짓기 대회에서 은상을 받았다. 상금도 꽤 큰 액수였고 크리스털 트로피도 고급스러웠다. 나는 엄마의 자랑이 될 줄 알았다. 그러나 엄마는 아무한테도 내 트로피를 꺼내 보여주지 않았다. 얼마 뒤 내 크리스털 트로피는 부러진 화장대 다리 한쪽을 고정시키는 용도로 쓰였다. 그걸 보고 내가 버럭 화를 내자 엄마는 소속에 장애인학교가 쓰여 있어 남부끄러웠고 자랑하기 좀 그랬다고 속마음을 털어놨다. 나는 또다시 엄마를 이해했다.

시상식 당일 아침, 활동지원사 선생님이 한껏 멋을 부리고 나를 데리러왔다. 우리는 시상식장까지 지하철로 이동하기로 했다. 선생님의 왼쪽 팔을 잡고 길을 걸었다. 그녀의 발걸음에서 가벼운 기대와 흥분이 느껴졌다. 그런데 나는 속으로 조금 실망했다. 그녀가 작은 꽃다발이라도 준비했을 거라고 기대했기 때문이었다.

환승을 한 번 하고 빈자리가 있어서 내가 먼저 앉았다. 곧이어 선생님도 두 칸 떨어진 곳에 자리를 잡았다. 몇 정거장 지났을 때였다. 갑자기 저만치에 앉은 선생님이 빽 소리를 질렀다. 나는 그녀가 앉은 방향으로 고개를 돌렸다. 그러나 별일 아닌지 곧 아무 소리도 들리지 않았다.

목적한 정거장에 내려 출구로 나갔다. 나는 다시 기대했다. 선생님이 혹시 근처에서 꽃다발을 사가자고 하지 않을까? 그러나 선생님은 그러지 않았다. 스마트폰 지도를 보면서 시상식장을 향해 그대로 돌진할 뿐이었다. 나는 어린애처럼 유치한 내 마음을 탓하며 웃어버렸다. 그런데 작은 소회의실에 둘러

앉아 대기하고 있을 때 은사님이 찾아오셔서 꽃다발을 전해주고 가셨다. 나는 남 몰래 꽃다발을 가슴에 꼭 끌어안았다.

내 이름이 호명되고 상패를 전달받았다. 그리고 상상치도 못한 크고 화려한 꽃다발이 가슴에 안겨졌다. 두 팔 가득 안자마자 향이 어찌나 좋던지 보지 못해도 화려함이 예상되었다.

"우리 남편이 새벽에 나가서 사왔어. 향이 있는 꽃으로만 엄선한 거래. 내가 자기한테 안 들키고 가져오느라고 얼마나 고생했는지 알아?"

나는 갓난아기를 안듯 꽃다발을 조심히 끌어안았다. 꽃잎 하나하나 꽃망울 하나하나가 다 나를 위한 것이었다. 나만을 위한 축하와 자랑스러움이 내 품에 안겨 있었다.

그날 나는 가장 많은 꽃다발을 받았고 그 자리의 주인공이 되었다. 선생님과 길을 되짚어 돌아오는데 그녀가 민망하다는 듯 말했다.

"아까 지하철에서 내가 소리치는 거 들었어? 완벽하게 몰래 가져가서 짠 하고 내놓으려고 했는데 옆에 앉은 아주머니가 내 속도 모르고 꽃다발이 엄청 예쁜데 어디서 샀냐고 묻지 뭐야. 순간 자기가 들었을까봐 나도 모르게 '몰라요!' 하고 소리를 질러버렸네."

우리는 키득키득 웃었다.

식탁에 앉아 화병에 꽂힌 꽃들을 내려다봤다. 내 눈에는 형태도 색도 없는 검은 꽃들이다. 꽃송이를 집어 코에 갖다대고 향기를 들이마셨다. 아침부터 향기 있는 꽃을 찾아다닌 이의 마음이, 서프라이즈를 해주려 했던 이의 마음이, 가게 문을 닫고 휴가를 쓰고 내게 달려오겠다던 이들의 마음이 향기가 되어 내게로 흘러들었다.

그들은 나를 자랑스러워했다.
나도 내가 자랑스러웠다. 처음이었다.
나는 내 자신이 무척 사랑스럽게 생각되었다.
움츠렸던 어깨가 펴지며 새로운 꿈과 함께 자신감이 피어났다.

나의 새로운 장래희망은 한 떨기의 꽃이다. 비극을 양분으로 가장 단단한 뿌리를 뻗고, 비바람에도 결코 휘어지지 않는 단단한 줄기를 하늘로 향해야지. 그리고 세상 가장 아름다운 향기를 품은 꽃송이가 되어 기뻐하는 이의 품에, 슬퍼하는 이의 가슴에 안겨 함께 흔들려야지.

그 혹은 그녀가 내 향기를 맡고 잠시라도 위로를 받을 수 있다면 내 비극의 끝은 사건의 지평선으로 남을 것이다.

이 지랄맞음이 쌓여 축제가 되겠지

1판 1쇄	2024년 3월 29일
1판 12쇄	2024년 11월 20일

글	조승리

책임편집	변규미
편집	오예림 서병수
디자인	조아름
마케팅	김도윤 김예은
브랜딩	함유지 함근아 박민재 이송이 김희숙
	박다솔 조다현 배진성 이서진
제작	강신은 김동욱 이순호

펴낸이	이병률
펴낸곳	달 출판사
출판등록	2009년 5월 26일 제406-2009-000034호
주소	10881 경기도 파주시 회동길 455-3
이메일	dal@munhak.com
SNS	dalpublishers
전화번호	031-8071-8683(편집) 031-8071-8681(마케팅)
팩스	031-8071-8672

ISBN	979-11-5816-176-7 (03810)